AF873595

K!NRYO ROCK

KINRYO ROCK VOL. 2
Una publicación de Moztros Producciones S.L.
Barcelona, España.
www.moztros.com
distribucion@moztros.com

Editor Manga: Matías Mir
Traducción: Lourdes Saez
Maquetación y diseño: Camila Prim, Ezequiel Inverni y Germán D'Agostino

ISBN OC: 978-84-19903-22-8
ISBN: 978-84-19903-64-8
DL: B 18163-2023

ABRIL 2025. Printed in China

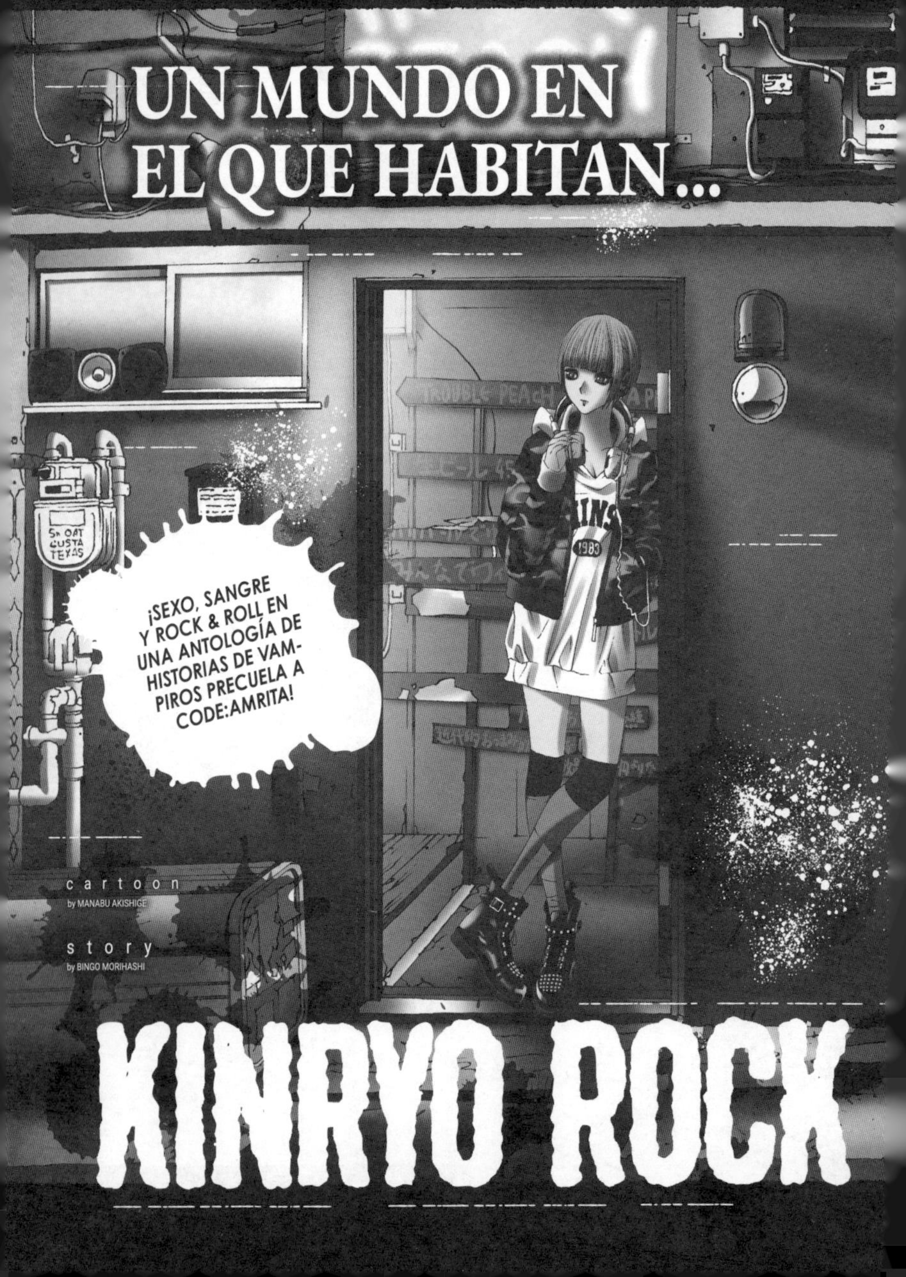
UN MUNDO EN EL QUE HABITAN...
¡SEXO, SANGRE Y ROCK & ROLL EN UNA ANTOLOGÍA DE HISTORIAS DE VAM-PIROS PRECUELA A CODE:AMRITA!
cartoon by MANABU AKISHIGE
story by BINGO MORIHASHI
KINRYO ROCK

... HUMANOS Y
VAMPIROS JUNTOS.
LOS MUY ACLAMADOS VOLÚMENES 0 Y 1
¡YA SE ENCUENTRAN A LA VENTA!

volume.3 a Preview
ES UN
MUNDO
...HUMANA.
VOLUMEN 3
KINRYO ROCK
-Code:Amrita-

DISTÓPICO...
LA SANGRE...
...HORRIBLEMENTE BELLO.
- LANZAMIENTO PRÓXIMAMENTE -

episode.extra END

¿Y LA PERSONA QUE ATENDÍA ANTES?
ERA MI MADRE.
FALLECIÓ ESTE AÑO, ASÍ QUE AHORA ESTOY YO.
DISCULPA...
HE HABLADO DE MÁS.
AH...
SEÑOR, ¿POR CASUALIDAD NO SERÁ...?
¡ESPERE UN MOMENTO, POR FAVOR!
ESTO ES...
...LO QUE PIDIÓ, ¿VERDAD?
¿C-CÓMO LO HAS SABIDO?

FLOWER SAKURA
episode.EXTRA UNA PERSONA, UN DESEO
¡BIEN-VENIDO!
¿HM?

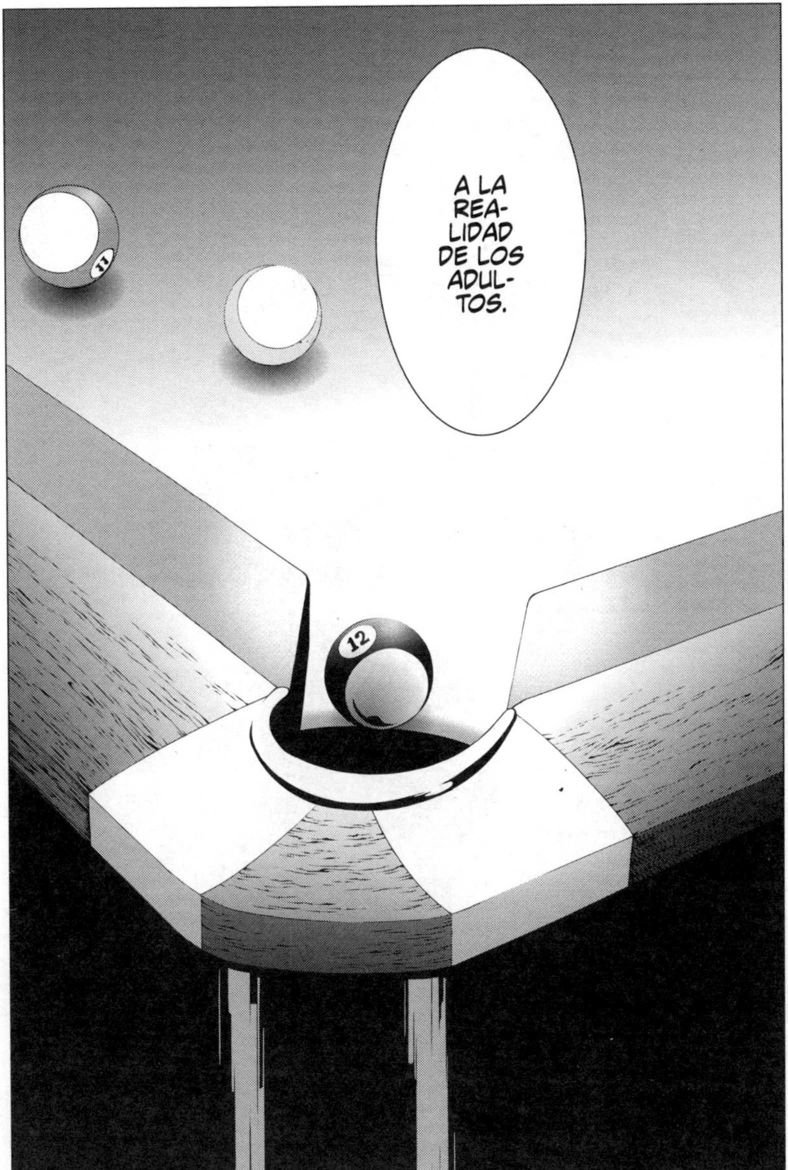
A LA REALIDAD DE LOS ADULTOS.

DÉ-
JAME
GUIARTE,
ENTON-
CES...
...TAIYO.
¿EH?

LOS ADULTOS PROTEGEMOS A LOS NIÑOS...
...PARA QUE ESO NO LES PASE.
ESO ES LO QUE NO QUIERO.
TAC
QUE ALGUIEN MÁS SALGA HERIDO...
...SIN QUE YO PUEDA HACER NADA.
PING
TIENES RAZÓN.
FRAS
PERO TARDE O TEMPRANO HAY QUE CRECER, ¿NO?

YA ME HE CANSADO...
MM...
¡MM!
...DE ESO.
¡¡YA NO QUIERO...
BLAM
...VIVIR EN LA IGNORANCIA!!
NO SÉ DE QUÉ ME HABLAS...
...PERO YO SOLO ESTOY SIENDO AMABLE.
PRAC
¿AMABLE?
EL MUNDO REAL ES COMO USAR UN CUCHILLO EN LA OSCURIDAD.
SI NO METES LA MANO CON CUIDADO, TE HARÁS DAÑO.

¿POR QUÉ HA ACEPTADO...
...MI PETICIÓN TAN RÁPIDO?
...
EN ESTE MUNDO...
...HAY COSAS QUE ES MEJOR QUE NO SEPAS.
!!
¿OTRA VEZ...?
UGH ...
OTRA VEZ CON ESO.
¡TODOS ME TRATAN COMO A UN NIÑO ...
...Y ACTÚAN A MIS ESPALDAS!

HAS FALLADO...
...O ESO QUIERES QUE CREA.
NO PUEDE SER REAL...
...UNA OFERTA ASÍ DE GENEROSA.
DUDO QUE SEA...
...TAN BUENA PERSONA.
JE.
¿DEMASIADO EVIDENTE?
ERES MÁS ASTUTO DE LO QUE CREÍA.
¿POR QUÉ LO HACE?
¿HM?

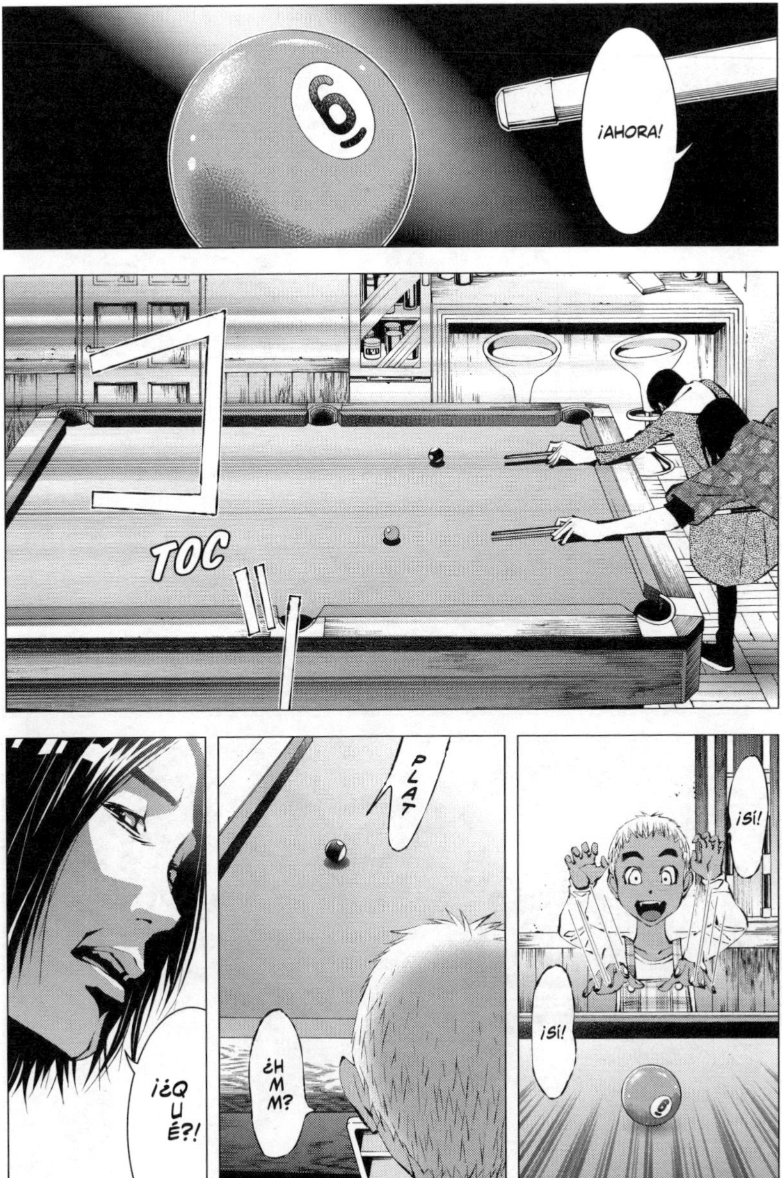
¡AHORA!
TOC
PLAT
¡SÍ!
¡SÍ!
¿HMM?
¡¿QUÉ?!

Y SI YO GANO, NO RECIBIRÁS NINGÚN CASTIGO.
¿A QUE SUENA BIEN?
...
ENTENDIDO.
SI SABE JUGAR, DUDO QUE LE VAYA A IR MUY MAL...

¿SABES CÓMO SE JUEGA AL BANK POOL?
TENEMOS QUE GOLPEAR LAS BOLAS Y VER CUÁL QUEDA MÁS CERCA DE LA BANDA DE ENFRENTE.
ESO ES.
SI CONSIGUES GANARME...
VEAMOS...
VEAMOS... ACEPTARÉ EL TRABAJO A CAMBIO DE 10 MIL YENES.
¡10 MIL...!

UN MES DE INVESTIGACIÓN CUESTA 500 MIL YENES.
¡SÍ!
CUALQUIER OTRO GASTO SE FACTURA DESPUÉS POR SEPARADO.
500 MIL...
...YENES.
PERO...
...HAS SALVADO A AM.
COMO AGRADECIMIENTO...
...TE HARÉ UN DESCUENTO.

ESTOY BUSCANDO... A MI EXNOVIA.
PLUC
¿NO SERÁS UN ACOSADOR?
¡NO, QUÉ VA!
ポイ BOING
ポイ BOING
ポイ BOING
TAMPOCO ME IMPORTA.
MIENTRAS RECIBA UNA COMPENSACIÓN, MI ÚNICO TRABAJO ES EL DE INVESTIGAR.
TOC
¿CUÁNTO TENGO QUE PAGAR PARA QUE LA BUSQUE?
VEAMOS...

The Thinker
探偵事務所
The Thinker
Rodin Kudo
ES MI NOMBRE REAL.
MI MADRE ERA ITALIANA.
TRAC
A VER, ¿A QUIÉN ESTÁS BUSCANDO?
¿UN FAMILIAR?
¿UN AMANTE?
¿O AL DESGRACIADO QUE MATÓ A TU PADRE?

ESPERA...
NO PIERDO NADA ES-CUCHANDO LO QUE TENGAS QUE DE-CIR.
安全第一

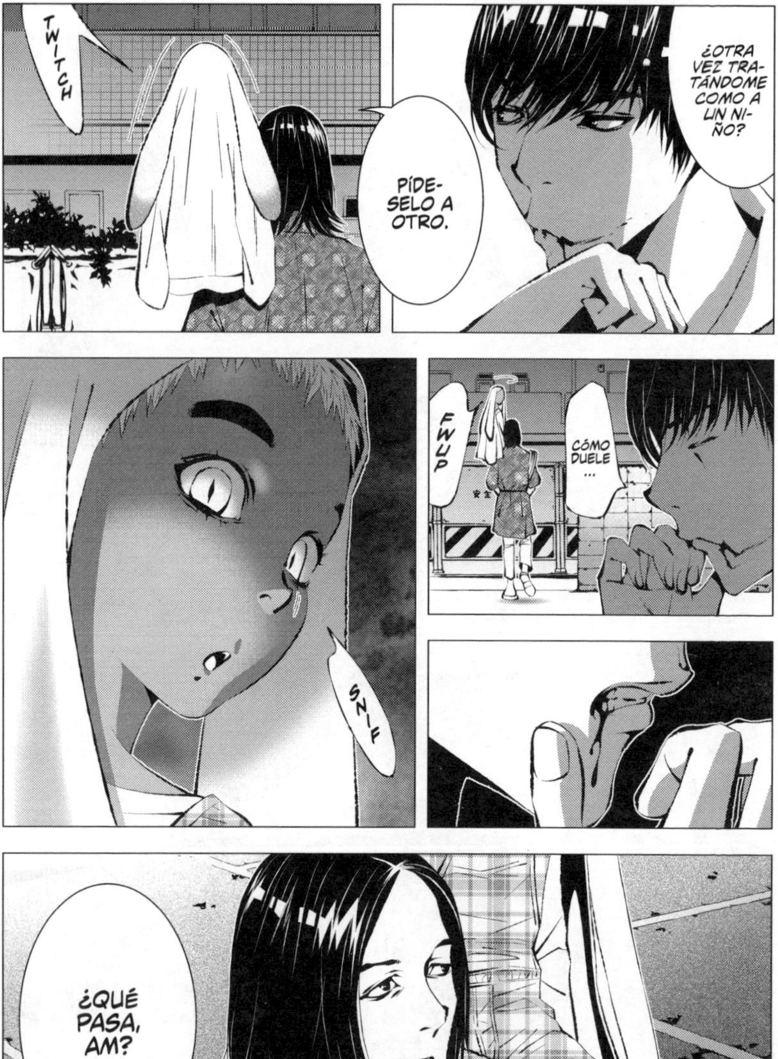
¿OTRA VEZ TRATÁNDOME COMO A UN NIÑO?
PÍDESELO A OTRO.
TWITCH
CÓMO DUELE ...
FWUP
SNIF
¿QUÉ PASA, AM?

TAP
SUPONGAMOS QUE LO SOY.
¿QUÉ QUIERES DE MÍ?
ES ENORME...
¡ESTOY BUSCANDO A ALGUIEN!
YA VEO...
LO SIENTO.
ESTOY MUY OCUPADO.
NO TENGO TIEMPO PARA ESCUCHAR LA PETICIÓN DE UN CRÍO.

¿VERDAD, RYUJI TANAKA?
?!
VALE... ¡ESTÁ BIEN!
LO HE PILLADO, ASÍ QUE...
¡NO ME ENTREGUES, POR FAVOR!
¿POR QUÉ LO DEJAS HUIR? ¡QUE ME DEVUELVA MI HELADO!
YA ESTÁ. VOLVAMOS A CASA.
DISCULPE...
¿ES USTED ...
...UN DETECTIVE?
ESTE FLACUCHO HA INTENTADO AYUDARME.
¿A QUE ES IDIOTA?

¿CUÁNTAS VECES TE HE DICHO QUE NO SALGAS SOLA?
¡BUAAAH!
¡ME DUE-LE!
¡SUÉL-TAME, RODIN!
¿RODIN? ¡¿EL DE-TECTI-VE?!
¡NO!
UF ...
¡VAYA! AHORA QUE SA-BES QUIÉN SOY, LÁR-GATE DE AQUÍ.
¿DE-TECTI-VE...?
NO PARE-CES UN CABALLE-RO DE BUENAS CONDUC-TAS.
SEGU-RO QUE HAY COSAS DE LAS QUE NO QUIERES QUE NADIE SE ENTE-RE...

TÚ ERES EL ESTÚPIDO.
SOY MUCHÍSIMO MÁS FUERTE QUE TÚ.
UGH...
¿POR QUÉ SIEMPRE ME PASAN ESTAS COSAS?
¿QUÉ?
キュ
TUG
¡¿EH?!
シュルルル
SWISH

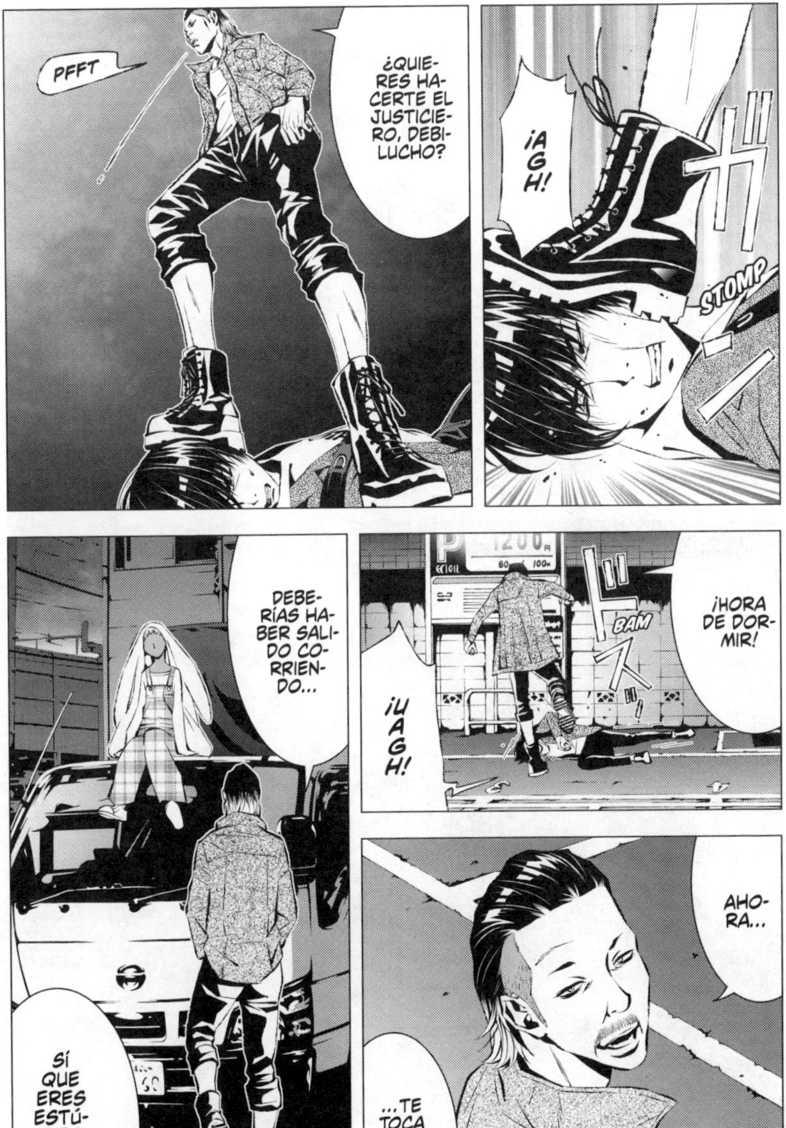
¡AGH!
STOMP
¿QUIE-RES HA-CERTE EL JUSTICIE-RO, DEBI-LUCHO?
PFFT
¡HORA DE DOR-MIR!
BAM
¡UAGH!
AHO-RA...
...TE TOCA A TI.
DEBE-RÍAS HA-BER SALI-DO CO-RRIEN-DO...
SÍ QUE ERES ESTÚ-PIDA...

¡¿QUÉ LE HACES...
...A ESTA NIÑA?!
¡MOCOSA DE MIERDA!
AGARRA
?!
¡TÚ! ¡HUYE DE AQUÍ!
¡¿QUÉ?! ¡SUÉLTAME!
NO...
¡¿ESPERAS QUE ME QUEDE MIRANDO SIN HACER NADA?!
¡CÁLLATE! ¡ESTO NO TE INCUMBE!
PLAF
¡LÁRGATE!

¡ALÉ-JATE DE MÍ, MOCO-SA!
¡NO! ¡NO!
¡¡AUCH!!
VAS A VER ...
SWISH
ZAS
BAM

POSADA HANA
¡¡TE ESTOY DICIENDO QUE NO PUEDO DECIR NADA SOBRE MIS CLIENTES!!
¡¡VUELVE POR DONDE HAS VENIDO!!
HOTEL
ESTE ERA EL OCTAVO...
YA NO QUEDAN MÁS MOTELES...
¡AUUUU!
?!

¡NO!
¡¿QUÉ?!
SPLAT
¡MI HELADO!
¡MI HELADO CONGELADO!
NO TE PERDONARÉ...
¡NO!
ガシャーン
CRASH

¡¿TE ESTÁS BURLANDO DE MÍ?!
TUG
¡QUE BAJES DE AHÍ!
NO ME JODAS, ¿ES UNA VAMPIRA?
ZAS

BOING
ぴょーーん
ぴょーーん
BOING
FRÍO, FRÍO, EL CUERPO HACE BRR, BRR, BRR... ♪
コ
TAC
コ
TOC
¡AY!
¡HEY, MOCOSA!
¡ME HAS HECHO DAÑO, IMBÉCIL!
BLEP
¡BÁJATE DE AHI! ¡TE VOY A MATAR!

¿AM?
ESA TONTA ...
YA HA VUEL-TO A ESCA-PARSE...
¡HELA-DO!
¡CON-GELA-DO! ♪
¡HE-LADO CON-GELA-DO! ♪

ガチャ
CHAC
A NO SER QUE QUIERAS ACABAR ENTRE REJAS, CLARO ESTÁ.
バタ
PAF.
ESTÁ DESESPERADA...
BUENO...
...ES DE ESPERARSE SI HAN ASESINADO BRUTALMENTE A TU PADRE.
¡OYE, AM!
¡YA PUEDES SALIR!

¿ENTIENDES EL MOTIVO...
...POR EL QUE TE LO HEMOS PASADO TODO POR ALTO HASTA AHORA...
...AUN TENIENDO UN HISTORIAL COMO EL TUYO?
POR SUPUESTO...
...Y OS ESTOY MUY AGRADECIDO.
ENTONCES, DEMUÉSTRALO Y HAZ TU TRABAJO.

EN-TONCES, CONTÉS-TAME.
¿HASTA CUÁNDO VAMOS A SEGUIR SIN SABER SU PARADE-RO?
YA HAN PASA-DO MÁS DE CINCO AÑOS DESDE EL INCIDEN-TE.
TOC
PIÉN-SALO UN MOMEN-TO.
BUS-CAR A UN DELIN-CUENTE PRÓFU-GO...
...SIENDO UN SOLO DETECTI-VE...
...NO ES TAN FÁCIL COMO CREES.

TRAU
¿QUÉ ESTÁ HACIENDO AHÍ?
NO PARECE UN PROSTITUTO...
OYE...
¿ME ESTÁS ESCUCHANDO?
SÍ...
TE ESCUCHO.

...NO SERÍA LA PRIMERA VEZ QUE ME PASA ALGO ASÍ.
ESA CONVERSACIÓN ES LA ÚNICA PISTA QUE TENGO...
OKUBO, SHINJUKU.
FUH
SI MAKOTO REALMENTE ESTÁ ...
...EN ALGÚN LUGAR DE ESTE BARRIO ...

EN ESTE MUNDO ...
...HAY COSAS QUE ES MEJOR QUE NO SEPAS.
SI TE ENTERA-RAS...
...TEN-DRÍAS QUE ESCONDERTE UN MES ENTE-RO EN ALGÚN MOTEL DECRÉ-PITO DE OKU-BO, ¿SA-BES?
TSK... ¿QUÉ QUIERES DECIR CON ESO?
JU JU.
QUIERO DECIR QUE...

FSS
SON EL FRUTO DE MI INVESTIGACIÓN.
PERO ¿INVESTIGACIÓN? SI ES UNA HISTORIA DE GÁNGSTERS.
¿CÓMO LO HICISTE PARA ...?
YO NO PODRÍA ESCRIBIR ALGO ASÍ USANDO SOLO MI IMAGINACIÓN.
CHAC
TENGO VARIOS MÉTODOS PARA CONSEGUIR INFORMACIÓN. DESDE LOS MÁS DECENTES HASTA LOS MÁS DUDOSOS.
PRAC
AUNQUE A VECES ME INVOLUCRO TANTO QUE ME TERMINAN PERSIGUIENDO A MÍ, *JUJU*.
¿TE PERSIGUIERON?
¿QUÉ FUE LO QUE HICISTE?

episode.11 ROCKET, DIVE

KINRYO
-Code: Amrita-
ROCK

MAKO-
TO...

OKUBO, SHINJUKU.
本日は
休ませて戴きます
CLANG
カラン
CLANG
カラン

POR ESO HE PODIDO VENIR AQUÍ HOY...
PERO ¿NO TE PARECE RARO?
APENAS LLEVABA UN MES HA-CIENDO DE SU GUAR-DAESPAL-DAS...
...
TIENES RAZÓN.

GRACIAS.
SEGURO QUE LA TÍA HA VUELTO A DARTE UN SERMÓN.
CLANG
ESO NO IMPORTA. ¿VA A ESTAR BIEN ESE CHICO SIN QUE NADIE LE VIGILE?
MAKOTO ME HA DICHO QUE...
FRUS
...YA NO NECESITABA QUE LO ESCOLTASE.
¿CÓMO ...?

¿Y ESTE QUIÉN ES?
EL REPRESENTANTE DE MINATO.
ME LO HE ENCONTRADO POR AHÍ...
¡BUENAS! ¡ENCANTADO!
HE OÍDO HABLAR MUCHO DE TI.
¡SOY EIJI SHIZUMA! ¡MUCHO GUSTO!
¿DE VERDAD TRABAJA CON VOSOTROS?
LAMENTABLEMENTE...
OYE, VE A TRAERME UN CAFÉ.
TÚ TAMBIÉN, PIDE LO QUE QUIERAS.
¡¿QUÉ?!
ESO QUE DIJISTE DE INVITARME A ALGO A CAMBIO DE VIGILAR TU COCHE...
¡¿ERA ESTO?! ¡¿UN CAFÉ?!
¡¿NO DEBERÍA SER UN TRAGO O UN ALMUERZO?!
¿ALGÚN PROBLEMA?
¡PARA NADA!

AMANE.
NO ANDES TAN DISTRAÍDA.
LO SIENTO...
NO HAY ASIENTOS PARA FUMADORES...
...EN MENUDOS TIEMPOS VIVIMOS.
¿POR QUÉ NO APROVECHAS Y DEJAS DE FUMAR?
QUE NO ERES UN VAMPIRO.

ERES ...
UN ...
MONS-TRUO ...
¡UN MONS-TRUO!
¡¡ERES UN MONS-TRUO!!

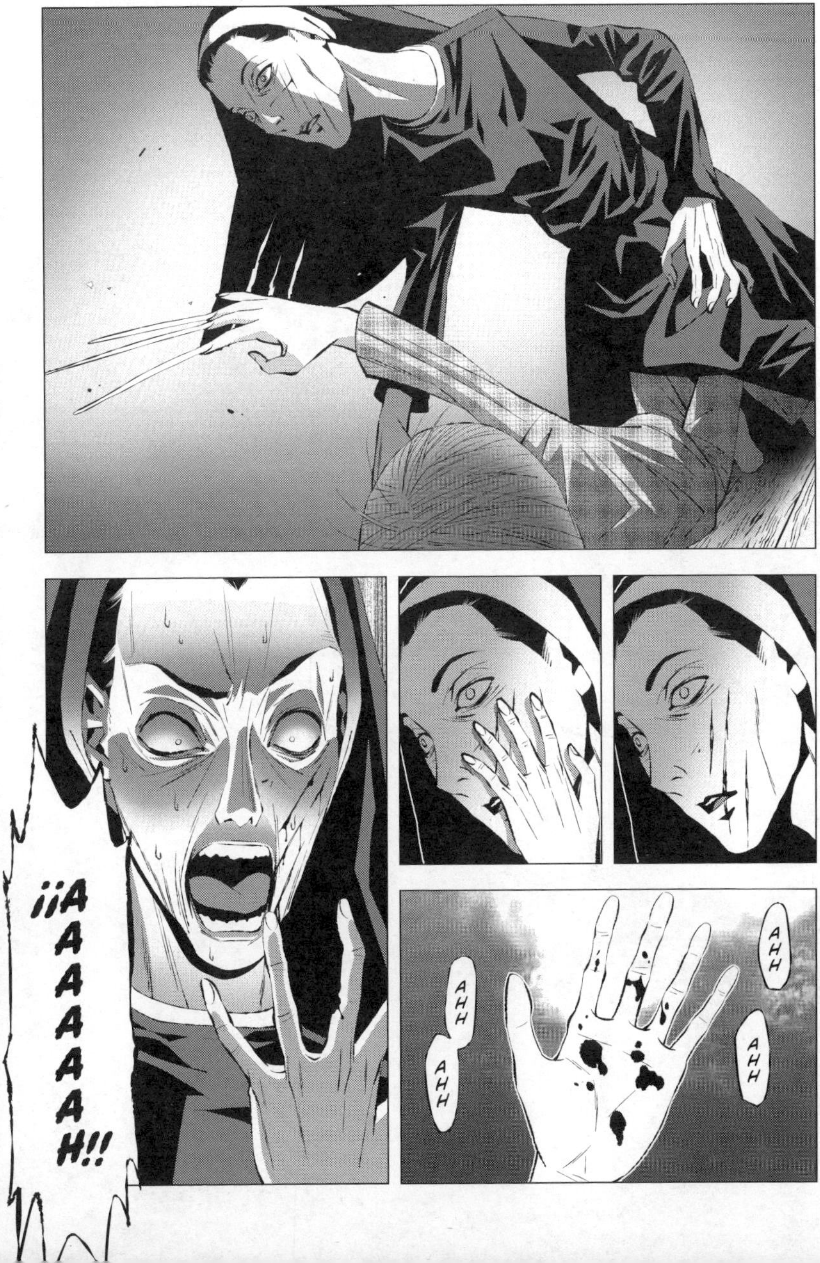
¡¡AAAAAAAAH!!
AHH
AHH
AHH
AHH

¡ARRE-
PIÉNTE-
TE!
SI
QUIE-
RES
SEGUIR
AQUÍ...
...LIM-
PIA ESA
ALMA IM-
PURA-
AH...
SCRATCH

SI TRATAS DE FESTEJAR MI ASCENSO, HAZME EL FAVOR DE ESCOGER MEJOR TUS PALABRAS, HERMANA.
SCRATCH
...
¡BASTAAA! ¡NO QUIERO!
TAMP
TAMP
TOMP
¡PARA, TÍA...!
UGH

SI NO FUERA POR ESE DEMONIO...
...RUKA NO HABRÍA MUERTO ASÍ.
NO ME INTERESAN LOS HIPOTÉTICOS.
ME VOY.
TAP
ALGÚN DÍA...
...USTED TAMBIÉN SALDRÁ HERIDO...
...INSPECTOR ASISTENTE SAKYO.
LOS HIJOS DEL DEMONIO...
...NUNCA PODRÁN LLEVARSE BIEN CON LAS PERSONAS.
SCRATCH SCRATCH SCRATCH
ES INSPECTOR. LO ACABO DE DECIR.

CUIDA TUS PALABRAS, HERMANA.
HOY EN DÍA, ALGO ASÍ PUEDE LLAMAR LA ATENCIÓN DE LAS ORGANIZACIONES DE DERECHOS HUMANOS.
USTED TAMBIÉN.
AMBOS SABEMOS...
...QUE EN REALIDAD ODIA A LOS VAMPIROS.
FWISH

SOLO INSPECTOR.
ME ASCENDIERON EL AÑO PASADO.
QUÉ GRAN NOTICIA.
FELICIDADES.
¿CUÁNDO PODRÁS PERDONARLA...
...HERMANA?
SI LO HICIERAS, NO TENDRÍA QUE VENIR AQUÍ AÑO TRAS AÑO.
NO PUEDO PERMITIR QUE LOS HIJOS DEL DEMONIO PASEN POR LAS PUERTAS DE ESTA CASA DE DIOS.

¿POR QUÉ?
GRR
イラ
GRR
イラ
GRR
イラ
¿POR QUÉ TENGO YO QUE VIGILAR SU COCHE?
¿NO DEBERÍA LLEVARLO A UN APARCAMIENTO Y YA?
¡QUE TRABAJA PARA LA POLICÍA!
AHORA QUE LO PIENSO...
¿QUÉ HACE ALGUIEN COMO ÉL EN UN SITIO COMO ESTE?
OTRO AÑO MÁS AQUÍ...
ES USTED LEAL...
...INSPECTOR ASISTENTE SAKYO.

RUKA
MOCHIZUKI
RUKA
MOCHIZUKI

¿QUÉ HACES TÚ...
...EN UN SITIO COMO ESTE?
INSPECTOR REPRESENTANTE DE MINATO: EIJI SHIZUMA.
¡LO MISMO ME PREGUNTO YO!
¡HOY ES MI DÍA LIBRE!
EL CICLISMO ES MI PASATIEMPO.
SHIZUMA...
¿TIENES UN MOMENTO?

YA HAN PASADO DIEZ AÑOS, ¿EH?
CLIC
¡OIGA!
BIP
¡ESTÁ PROHIBIDO ESTACIONAR EN LA CALLE!
SHIZUMA...
¡PERO SI ES SAKYO! YA DECÍA YO QUE ME SONABA TU CARA.

¿PUEDO PEDIRTE UNO...
...ESTE AÑO TAMBIÉN?
DE ACUERDO.
YA VEO...
¿PUEDES LLEVARLO HOY?
SÍ.
YO ESTARÉ CERCA DEL LUGAR.
LO SIENTO... SE ME HABÍA OLVIDADO COMPLETAMENTE.
おとしもの
ERA DE ESPERAR. AL FIN Y AL CABO, NO VA CONTIGO.
JO...

ENTIEN-
DO.
VOY A
INVES-
TIGAR
ESO.
TSS
TRAC
¿ALGO
MÁS?
UN
RAMO
DE FLO-
RES...
¿QUÉ
...?
SÉ
QUE ES
...
...UN MAL
MOMENTO,
PERO...
25
MAMÁ

LA COARTADA DE MINAKATA, POR AHORA, ES FIRME.
SALA DE FUMADORES
EL SECUESTRADOR TIENE QUE HABER SIDO OTRA PERSONA.
OYE...
¿QUÉ PASA?
ゴオオオ
FWOOM
NO TENEMOS MÁS PISTAS POR AHORA.
POF
ESE TAL RYU QUE FUE SECUESTRADO...
PRAC
...SOLÍA JACTARSE DE QUE SU SANGRE ERA MUY BUSCADA.
...
¿SERÁ VERDAD?
YO NO PUEDO SABERLO PORQUE NO CONSUMO...
...PERO NO PARECÍA SER MENTIRA.

QUÉ DIFÍCIL LO PONE.
SI ESTÁ TAN CONFIADO...
SIP
...TAL VEZ SÍ SEA OTRA PERSONA LA QUE CONTACTÓ CON TAKEOKA.
SÍ...
Y AUNQUE NO FUESE ASÍ...
...TAKEOKA AHORA ESTÁ INCONSCIENTE.
NO PODEMOS PREGUNTARLE NADA.
A ESTE PASO...
...NO TENDREMOS MÁS OPCIÓN QUE SOLTARLO.

SEGURO QUE PODRÁ CONFIRMARLO SI SE CONTACTA CON ÉL.
BAM
¡AUN ASÍ, INCITASTE A MEI TAKEOKA A REALIZAR ACTOS DE VAMPIRISMO!
¡ELLA MISMA LO DIJO!
ES ALGO QUE SUELE PASAR CUANDO TRABAJAS EN EL ENTRETENIMIENTO.
SUPLANTAN TU IDENTIDAD...
...O USAN TUS TARJETAS DE PRESENTACIÓN CON FINES DUDOSOS.
NO TENGO PROBLEMA EN REUNIRME CON ESA TAL TAKEOKA...
...SI NECESITA QUE LO DESMIENTA.
UGH...

EL PROBLEMA ES OTRO.
TSSS
EL CASO DEL SECUESTRO.
¿ESE SÍ FUE MINAKATA?
ガチャン
CHAC
NO.
LAMENTABLEMENTE...
...NO SE PUEDE CONFIRMAR LA PARTICIPACIÓN DE MINAKATA.
EN ESE MOMENTO...
...YO ESTABA ALMORZANDO CON MI ASEGURADOR...
...LEON KANZAKI, EL REPRESENTANTE DE ROV.

¿HAS DORMIDO DOS DÍAS SEGUIDOS?
ESO NO DEBE SER BUENO PARA EL CUERPO.
TODO LO CONTRARIO, ¡HASTA ME HA VUELTO A CRECER EL DEDO!
PERO ESO DA IGUAL AHORA. ¿QUÉ HA PASADO DESDE ENTONCES?
LA CULPABLE DEL ASESINATO...
...ERA MEI TAKEOKA.
?!
¿MEI? ¿LA DE ANGEL MARK?
SÍ...
¿P-POR QUÉ HARÍA ESO?
TE CONTARÉ LOS DETALLES POR CORREO...
FWOOOOOOOOM

ES UN ALIVIO, PERO ...
...TENGO SENTIMIENTOS ENCONTRADOS.
BLINK
BLINK
UF... SE AVECINA UNA TORMENTA...
HOY ES... ¿25? O SEA QUE... ¿LLEVO DORMIDA DESDE ANTEAYER ...?
HOY ES 25.
RIIING
¿CÓMO TE ENCUENTRAS?
POLICÍA DE KITAZAWA

¡SU SANGRE TAMBIÉN CORRE ...!
¡...POR TUS VENAS!
¡AH!
AHH
AHH
AHH
AHH
AL FINAL SÍ HA CRECIDO...
...OTRA VEZ.

DESDE QUE ESE HOMBRE SE ACERCÓ A RUKA...
...SABÍA QUE ALGO MALO IBA A PASAR.
¡ESTABA SEGURA...
...
...DE QUE SU PRESENCIA TRAERÍA DESASTRES!
ZAS
Y AHORA...
¡AGH!
TUG

SWISH SWISH
CHAC
ガチャ
AMANE, VOY A CAMBIARTE LA VENDA...
ガチャーン
CRASH
¡¿QUÉ ...?!
LO SABÍA ...
¡SABÍA QUE ERAS UNA HIJA DEL DEMONIO!

¡NO PASA NADA, AMA-NE!
ZOOM
¡MAMÁ TE VA A CURAR!
¡ME DUE-LE!
モゾ TUG
モゾ TUG

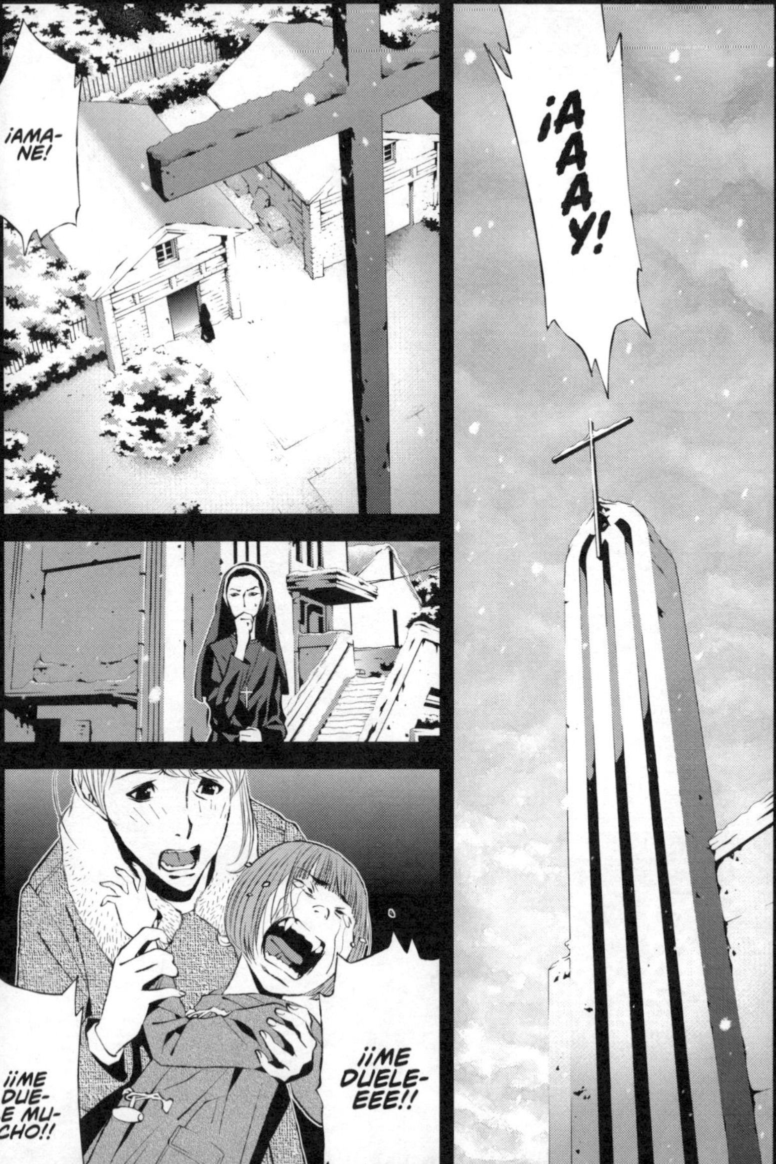
¡AAAY!
¡AMA-NE!
¡¡ME DUELE-EEE!!
¡¡ME DUELE MU-CHO!!

¡¡NO HAGAS ESO, AMA-NE!!
MAMÁ ...
FRAS
グラッ

VAYA.
CHAC
ASÍ ACTÚA ALGUIEN QUE DICE SERVIR A DIOS...
NO SOLO ESO ...
...SINO QUE SE ATREVE A HABLARME ASÍ DE SU PROPIA SOBRINA.
CHAC
!!
¡AMANE!

episode.10 UN RAMO DE FLORES PARA TI

RUKA ...
TE DIGO ESTO POR TU BIEN.
ANTES DE QUE SEA TAR-DE...
¡ALÉ-JATE DE ESA NIÑA!

RUKA...

TIP
TAP
TIP
TAP

KINRYO

-Code:Amrita-

ROCK

EL NÚMERO AL QUE LLAMA NO ESTÁ DISPONIBLE.
?!
SOY TAN SOLO ...
...UNA RESIDENTE DE LA NOCHE.
POR ESO MISMO...
...TE VALORO TANTO, TAIYO.
¡MAKOTO!

CUANDO ERA PEQUEÑA...
...TODOS LOS DÍAS...
...ESPERABA IMPACIENTE QUE LLEGASE LA NOCHE.
COMO SIEMPRE ODIÉ EL SOL...
...ME GUSTABA EL MOMENTO EN EL QUE ESTE SE ESCONDÍA.
PERO...
...SIN SOL...
BZZT
BZZT
...LA NOCHE TAMPOCO EXISTIRÍA.

...ERA MAKOTO.
YA...
¡COGE EL TELÉFONO, MAKOTO!
¿POR QUÉ... HARÍAS ALGO ASÍ?
...ES MEDIANOCHE.
SI ES PARA PROTEGERME...
ヴ BZZ ヴ BZZ ヴ BZZ ヴ
TAIYO SAKURAI
¡¿QUÉ SE SUPONE QUE DEBO HACER YO?!
ヴ BZZ ヴ BZZ ヴ BZZ ヴ

AL MENOS AHORA ...
...HAZLE EL FAVOR DE INTENTAR ENTENDERLA.
...
YO SOY...
...IGUAL QUE ELLA.
NO TENGO NINGUNA DUDA.
ESA PERSONA...

¿POR QUÉ ME PASA ESTO A MÍ?
¿PUEDES ESTARTE CALLADA UN MOMENTO?
¡¿QUÉ?! ¡¿Y TÚ QUÉ SABRÁS?!
POR CULPA DE MEI, YO...
¡¿NO PUEDES PONERTE EN SU LUGAR AL MENOS POR UN SEGUNDO?!
¡SEGURO QUE NI TE HABÍAS ENTERADO DE LO QUE SENTÍA!
¡DE LO QUE HACÍA POR TI CUANDO NO LA VEÍAS!
VROOM
¡SEGURO QUE FINGÍAS IGNORANCIA...
...MIENTRAS LA USABAS PARA LO QUE QUERÍAS!

¡SU GRUPO SANGUÍNEO ES AB!
¡REVISEN EL INVENTARIO PARA LA TRANSFUSIÓN!
NO LA SACUDAN DEMASIADO.
ガラ ガラ ガラ
CLANG CLANG
NO ENTIENDO...
...QUÉ ES TODO ESTO.
¿QUÉ HE HECHO PARA MERECER ESTO?
CLIC
CLIC
CLIC
CLIC

¡¡... LLAME A UNA AMBULANCIA!!
AHH
AHH
AHH
AHH
AHH
UUFF PUFF
¡¡RÁPIDO!!

¿EH?
N- NO SERÁ ...
FRAS
¡ALTO AHÍ!
TAP
INSPECTOR, ANTES QUE NADA ...

?!
FSST
¡¡TÚ!!
UGH
...
PLAF

¡NO TE...
CHAC
...MUE-VAS!

¡UNO ...!
FRUS
SOLO CON ESO...
YO ...
¡CERO!
TAC
?!
ZAS

¡¡TE AMO!!
¡TE AMO, UTA!
¡POR ESO ME HE ESFORZADO TANTO HASTA AHORA! ¿NO LO VES?
¡DOS...!
ASÍ QUE...
FRUS
...AL MENOS SÉ UN POCO AMABLE CONMIGO.
SI TAN SOLO ME DIERAS LAS GRACIAS...

¿POR QUÉ... NO PUEDES ENTENDERME?
UTA...
¿TRES...?
¿UNA CUENTA ATRÁS?
¿PARA ESTO?
HIC ヒック
SI YO SIEMPRE ESTOY PENSANDO EN TI...
SI SOY TAN SERVICIAL CONTIGO...
HIC ヒック
HIC ヒック
¿POR QUÉ... NO ME ENTIENDES?

...
POR ESO...
...A MÍ...
...
¡¡...NO ME HAGAS RESPONSABLE DE ESTO!!
¡YO NO TE HE PEDIDO NADA!
...
¡¡NO ME IMPORTA LO QUE HAGAS!!

TODO LO QUE HAGO ES POR TI...
¡¡NO TE ACERQUES!!
¿SABES? YO SIEMPRE HE ESTADO AGRADECIDA...
...DE QUE ME INVITASES A LA BANDA.
ME SALVASTE DE LA OSCURIDAD...
...Y AHORA QUIERO DEVOLVERTE EL FAVOR.
A MÍ...
¡¡...ME DA IGUAL LO QUE HAGAS!!
¡SOLO TE INVITÉ A LA BANDA PORQUE PENSABA QUE HARÍAS LO QUE FUERA QUE TE PIDIESE!
¡NUESTRA ANTERIOR BAJISTA NUNCA ESTABA DE ACUERDO CONMIGO!
¡LO ÚNICO QUE HACÍAMOS ERA PELEAR! ¡¡SOLO FUE POR ESO!!

DESPUÉS TE LLAMO, UTA. ♪
UF ...
NO TEMAS.
...
PASE LO QUE PASE, A TI NUNCA TE HARÉ DAÑO.
¡¡ASESINA!!
¡¡ASESINA, ASESINA, ASESINA!!
¿POR QUÉ...
...ME LLAMAS ASÍ?

...
CHAS
FWOOO
OYE, SUÉLTALO. ¿A DÓNDE VAS?
¿DE VERDAD ESPERAS QUE TE LO DIGA?
¿ERES TONTO?

P-PARA YA...
¿QUÉ ES ESTO? ¿QUÉ ESTÁS HACIENDO?
NO VOY A PARAR, UTA...
ES QUE... ESTE ES EL MEJOR ATAJO... PARA QUE TU SUEÑO SE HAGA REALIDAD...
NO HAY FORMA DE QUE SE CUMPLA...
...HACIENDO ALGO TAN ESTÚPIDO COMO ESTO.
!
TÚ CÁLLATE.
PLUC...
¿O ES QUE QUIERES MORIR?
TÚ TAMBIÉN, ¡¡BAJA EL ARMA DE UNA VEZ!!

FRAS
!!
PLUC
UGH...
¡NO TE ACERQUES! ¡¡SI LO HACES, LO MATARÉ!!
MEI...
TRAS
HAS VUELTO POR MÍ...
UTA...

¡¡ALÉJATE DE ESE CHICO!!

¡¡POR ESO ESTOY VIVA!!
¡HARÉ CUALQUIER COSA POR ELLA!
¡ME ACOSTA-RÉ CON VIEJOS SUCIOS!
¡¡ASE-SINARÉ A TODA ESA ES-CORIA!!
¡CHU-PARÉ LA SANGRE DE QUIEN SEA!
¡¡Y ASÍ, ANGEL MARK CONSE-GUIRÁ DEBU-TAR!!
UGH...
¡¡POR-QUE ESE SIEMPRE HA SIDO EL SUE-ÑO DE UTA!!

¿SABES ...
...TOCAR ALGÚN INSTRU-MENTO?
ESE DÍA...
...UTA ME SACÓ DE ESE MUNDO OSCURO.

AHORA ESTE...
ガタッ
TRAC
...ES TU PUPITRE, TAKEOKA.
BASTA CON INTERCAMBIARLO CON EL DE LA CULPABLE.
GAFOTAS DEPRE
FEA
MUERETE
PERO ...
...NO TENEMOS PRUEBAS DE QUE FUESE YUKINA.
¿QUÉ?
¿ACASO PIENSAS VIVIR COMO UNA PRINGADA EL RESTO DE TU VIDA?
¡TOMA ESTO!

OH...
TAKEO-KA...
AH... CHI-CHI-KAMA-TSU.
HAZ COMO SI NO ESTU-VIERA...
VAAAAYA...
OTRA VEZ YUKINA, ¿NO? SOLO ELLA HA-RÍA ALGO TAN TRILLADO.
N-NO LO SÉ...
VA-MOS A PONER ESTO...
ガタ
CLANG
AH...
ドン
BAM
¡MUÉRETE!
FEA DEPRE
GAFOTAS
AQUÍ.

YO SIEMPRE ESTUVE...
GAFOTAS
DEPRE
FEA
¡MUERETE!
...SUMIDA EN UN MUNDO OSCURO.
¡QUÉ MANERA DE HABLAR...
ガ
TRAC
ラ
...ESA SAKAMOTO!
SOLO ESTABA FINGIENDO CHUPARLE LA SANGRE.

POR TU CULPA PUEDE QUE UTA ME ODIE ...
¡¡NO PUEDO PERDONARTE!!
¿P-POR QUÉ?
¿POR QUÉ TE ESFUERZAS TANTO POR ELLA?
¡¡PARA MÍ...
...UTA ES...
...MUY ESPECIAL!!

PRIC PRIC PRIC
NO PUEDO ...
SAKYO ...
...TE TOCA SE-GUIR POR MÍ.
¡A-AYU-DA!
ギリ
TRAC
¡NO TE PERDO-NARÉ!
ギリ
TRAC
ギリ
TRAC
¡NO TE PERDO-NARÉ!
ギリ
TRAC
ギリ
TRAC
ギリ
TRAC
¡NO TE PERDO-NARÉ!

ESO ES AMOR... ♪
Y ESTO TAMBIÉN... ♪
GRUB
GRUB
GRUB
AHH
AHH
AHH
MIERDA...
AHH
AHH
AHH
ESA MAKOTO...
¿A QUÉ VIENE ESTO AHORA?
AHH
AHH
ALGO ANDA MAL... TENDRÉ QUE VOLVER...
THUD
?!
BA DUMP
BA DUMP
BA DUMP

LO QUE ES EL AMOR ...
MMM ...
UGH ...
BAM
?!

RECUERDA ESTO.
SI ALGO LE LLEGA A PASAR A TAIYO...
...ANIQUILARÉ A TU ORGANIZACIÓN...
...HASTA QUE NO QUEDE NI UNO VIVO.
AY...
TAP

TODAVÍA NO HA SALIDO TAIYO...
Y ESO QUE TODOS LOS DEMÁS YA SE HAN IDO...
POR SUPUESTO, LA RECUERDO.
TENGO MUY BUENA MEMORIA.
SOLO QUE...
...EN TODAS LAS ORGANIZACIONES SIEMPRE HAY UN INGENUO QUE ACTÚA POR SU CUENTA, ¿SABE?

AH...
¿QUIÉN SABE?
POR MÁS QUE SE TRATE DE USTED, HAY INFORMACIÓN QUE NO LE PUEDO DAR.
NO PUEDE SER...
NO TE HAS OL-VIDADO DE TU PROME-SA, ¿VER-DAD?
BIIIM
BIIIM
BIIIM

ガチャン
CHAS
¡VAYA! ¡QUÉ INCREÍBLE TRABAJO...
...SEÑORITA SANJO!
COMO LECTOR SUYO QUE SOY, SE ME HA ERIZADO LA PIEL.
¡NO PUEDO OCULTAR MI SORPRESA!
¿QUIÉN HUBIERA DICHO QUE SU DISTINTIVA DESCRIPCIÓN DE LA VIOLENCIA...
BOING
ひょい
...ESTARÍA RESPALDADA POR EXPERIENCIAS REALES?
¿ESE ES...
POF
...EL COMPONENTE DE AMRITA?

episode.9 SIN RETORNO PARA AMBOS

TERMI-
NEMOS
HOY...
...CON LA
VIGILANCIA
DE TAIYO.
HAS
HECHO
UN BUEN
TRABA-
JO.
OYE-
¡ESPERA,
MAKOTO!

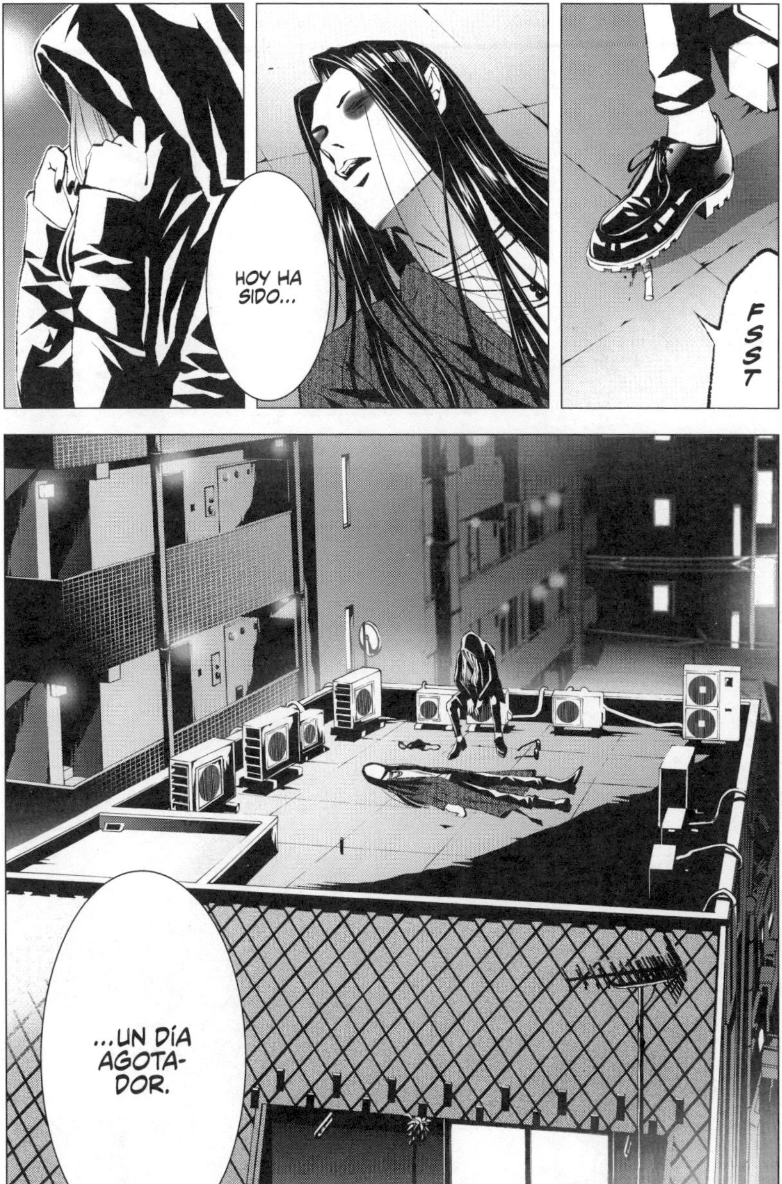
HOY HA SIDO...
FSST
...UN DÍA AGOTADOR.

¡MAKOTO! ¿QUÉ HAS ESTADO HACIENDO TODO ESTE TIEMPO?
TENGO BASTANTES COSAS QUE CONTARTE...
...PERO AHORA NO ES MOMENTO.
ESTÁ BIEN.
LO SOLUCIONARÉ ENSEGUIDA.
TODO EL ASUNTO DE LA VIGILANCIA DE TAIYO...
POR AHORA, VAMOS A PONERLO EN PAUSA.
¡¿QUÉ?! ¿POR QUÉ?
VOY A TRANSFERIRTE...
...TU SUELDO HASTA HOY.
OYE, ¿QUÉ QUIERES DECIR CON ESO?
BUEN TRABAJO.
¡ESPERA, MAKOTO!

¡¡AMANE!!
M-MIER-DA...
ESTOY MAREA-DA...
NO PUEDO PERSE-GUIRLO EN ESTE ESTA-DO...
BZZT
CUÁN-TO TIEM-PO...
AMA-NE...

¡TODO ESTO ES CULPA TUYA!
¡LO ÚNICO QUE QUERÍA ERA ESTAR A SU LADO PARA SIEMPRE!
¡¡NUNCA HE QUERIDO QUE UTA ME ODIE!!
A...

?!
BLAM
¡HUYE!
AH...
¡¡RÁPIDO!!
TRAS
¿POR QUÉ...
...TE ENTROMETES?
FWAS

¿EL SEÑOR MINAKATA?
PERO ¿POR QUÉ A TI?
ÉL ME ENSEÑÓ QUE...
...COMO SOY LA ÚNICA DE ANGEL MARK QUE NO ES VAMPIRA...
...NECESITO DAR UN PASO MÁS.
¡PERO YA LO HE HECHO!
¡YA NO SERÉ UN ESTORBO PARA TI!
SIEMPRE HE QUERIDO QUE MI AMADA UTA...
...POR FIN ME ACEPTE.
...

PERO ...
¿QUÉ HAY DE USTED?
ト プ
GLUB
¿SE PUEDE CONFIAR EN UNA HUMANA PARA HACER ALGO ASÍ?
IN-CLUSO AUNQUE NO RE-SULTE ...
...NO HAY DE QUÉ PREOCU-PARSE.
ES SOLO QUE...
...ESE MOCOSO TAMBIÉN...
...ME DIO UNA PALIZA, ¿SABE?

...EL SEÑOR MINAKATA!!
BUEN TRABAJO.
IRÉ A BUSCARLO ENSEGUIDA, ASÍ QUE ESPERA AHÍ.
¿HA SALIDO TODO BIEN?
SÍ.
POR MI PARTE, AL MENOS.

SI CHUPO LA SANGRE DE OTROS...
...NO SERÉ UN ESTORBO PARA TI.
AHH
AHH
AHH
SI HAGO ESTO...
...TAL COMO ÉL ME DIJO...
¡...PODREMOS TENER NUESTRO DEBUT!
¡OYE, MEI! ¡¿QUÉ TE HA PASADO?!
¡¡ME LO PROMETIÓ...

UTA...
YO...
SOY COMO TÚ...
YA NO SOY...
...TORPE E INÚTIL...
ESPERA...
¿Q-QUÉ...?
¿ESTÁS LOCA?
SEGUIRÉ TU RITMO CON EL BAJO...
...PARA QUE PUEDAS CANTAR BIEN.
¡TODO ESTO...
...ES POR TI, UTA!

DEJA DE FINGIR.
SABES QUE TE GUSTO.
¿MEI?
¿QUÉ ...
...ESTÁS HACIENDO?

PERO NO LE HE DEJADO.
PORQUE...
...ME DABA ASCO. ♪
AGARRA
COMPARADO CON ESE ...
¡...TÚ HAS TENIDO MUCHA MÁS SUERTE, ¿NO?!
BLAM

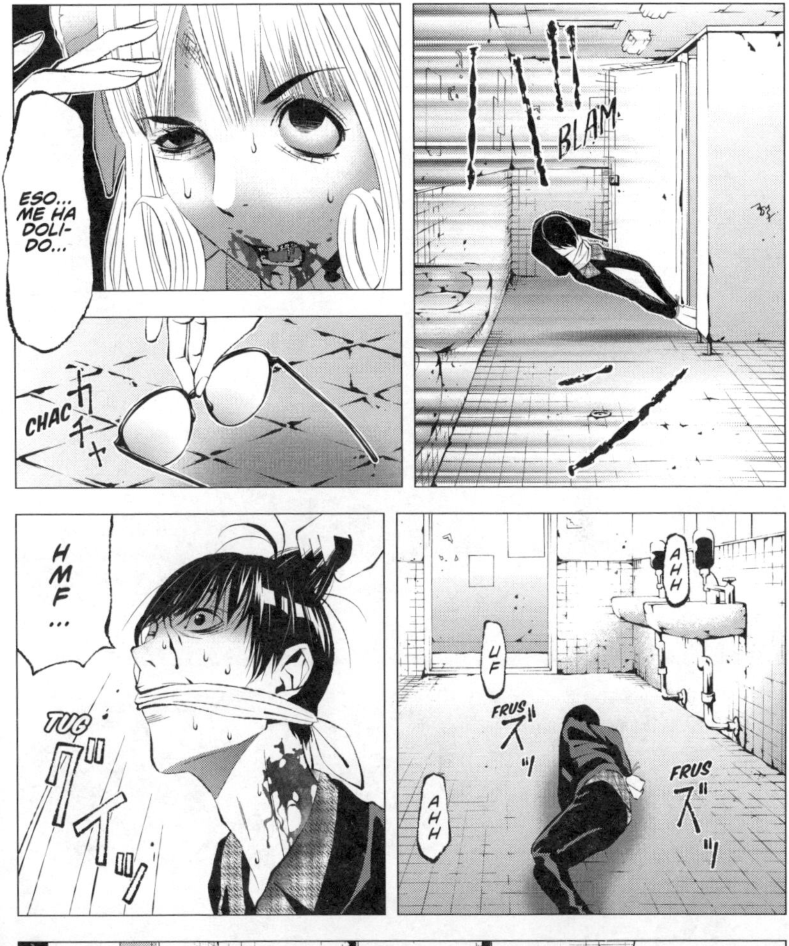
BLAM
ESO... ME HA DOLIDO...
CHAC
カチャ
AHH
UF
FRUS
ズッ
AHH
FRUS
ズッ
HMF...
TUG
グイッ
ESE ADMIRADOR DE ANTES...
UGH
...SE MORÍA POR HACERLO CONMIGO.

¿DE ACUER-DO?
¿NO SUENA BIEN?
CRASH
?!
BLAM
¡UGH!

¡¡HMMMMMF!!
PUAH
VOY A HACERTE SENTIR BIEN...
ZIIIP

Y YO SOY SOLO UNA HUMANA...
¡¿DÓNDE SE HABRÁ METIDO ESA IDIOTA?!
POR ESO...
...YO TAMBIÉN QUIERO CHUPAR SANGRE.
¡HMMMF!
SI LO HAGO...
...ESTOY SEGURA DE QUE PODRÉ SER COMO ELLA.

SOLO VAS...
ポス
PLUF
...A SENTIR UN PIN-CHAZO.
¿SA-BES?
YO QUIE-RO SER COMO UTA.
PERO UTA ES UNA VAM-PIRA...
¡MEI!

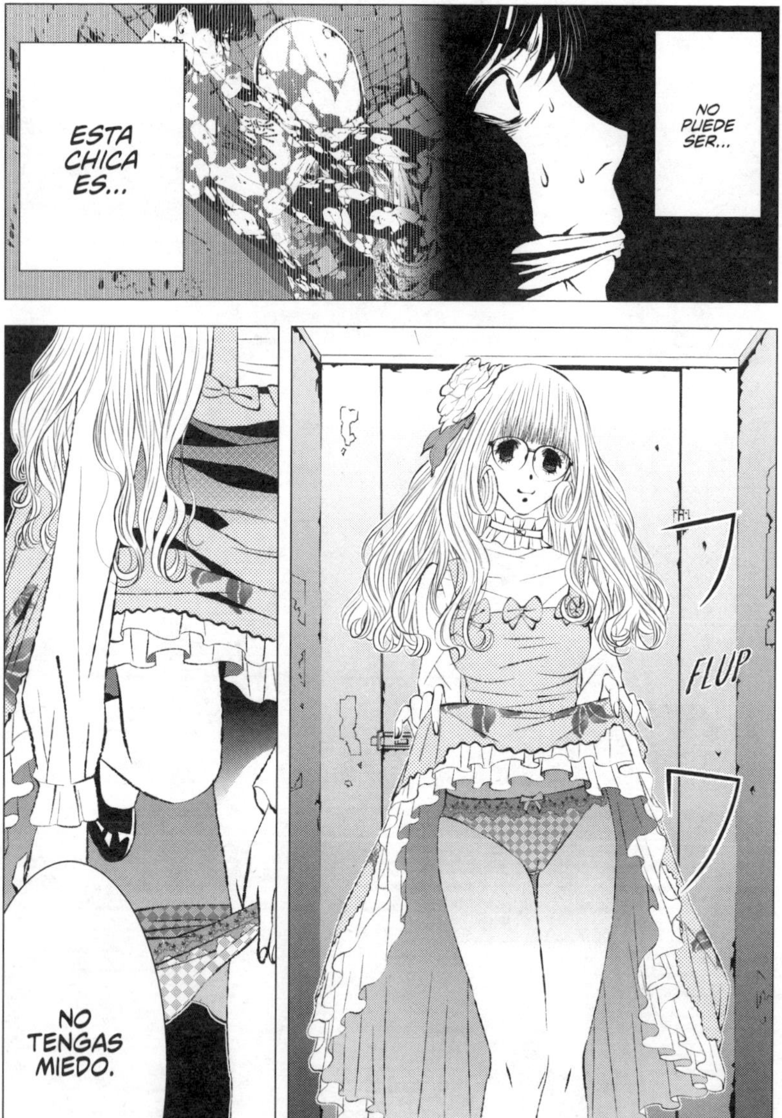
NO PUEDE SER...
ESTA CHICA ES...
FLUP
NO TENGAS MIEDO.

EN REALIDAD...
...OBTENDRÍA MÁS FUERZAS SI ESTO FUERA CONSENTIDO, PERO ...
UGH...
NGH...
...YA ME HE CANSADO.
VERÁS...
NO QUIERO HACERLO MÁS CON MIS SUCIOS ADMIRADORES. ♪
PERO ESTA VEZ...
TWITCH
...ME ALEGRA PODER HACERLO...
...CON ALGUIEN COMO TÚ.

ADEMÁS, AMANE TAMBIÉN HA VUELTO A IRSE VETE TÚ A SABER DÓNDE ...
YA LE VALE... NO SABE COOPERAR...
~~~
CLANG
ガタッ
¡YA ESTOY HARTA!
¡ESTO ES UN ASCO!
¡¿Y MEI?!
¡¿DÓNDE SE HA METIDO?!
NI IDEA, NO ME LA HE CRUZADO.
¡AGH! ¡SERÁ INÚTIL!
UGH...
UGH...
UGH...
~~~

¿POR...
...QUÉ?
¡OYE!
¡HAN DICHO QUE YA PODEMOS IRNOS!
¿CÓMO QUE NOS PODEMOS IR? ¿Y QUÉ PASA CON RYU?
¿NO SIGUE SECUESTRADO POR EL TIPO DE NEGRO?
A MÍ NO ME PREGUNTES... YO NO TENGO NI IDEA...

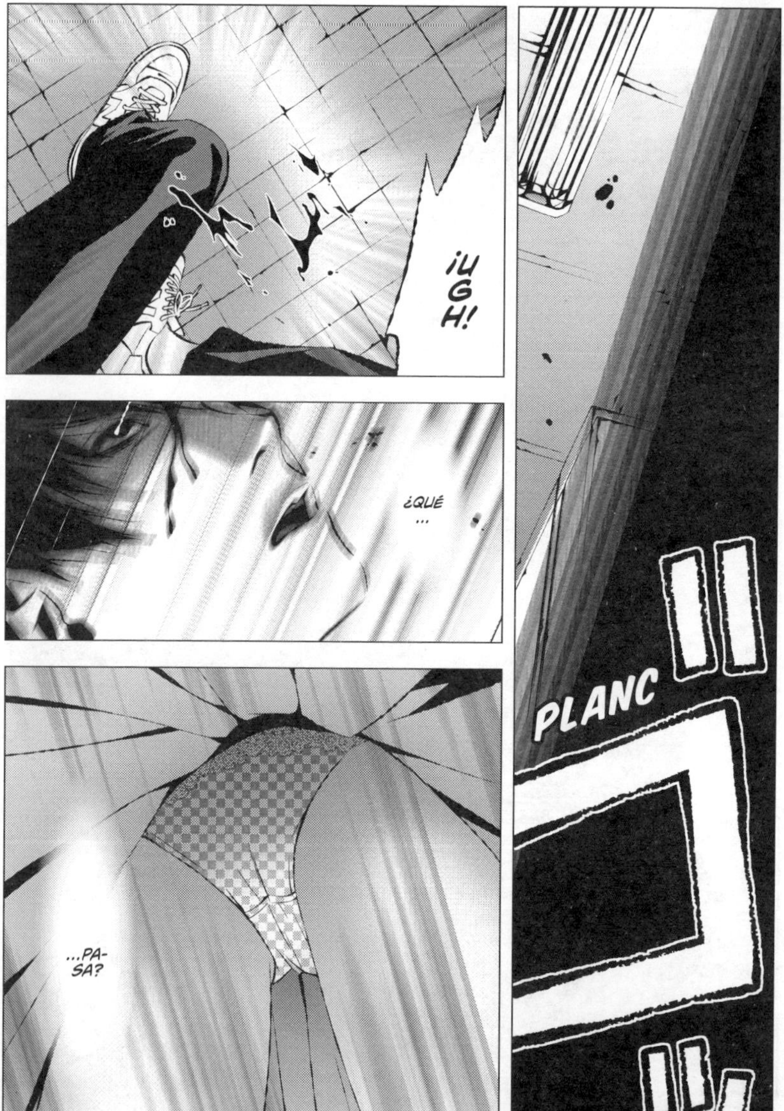
PLANC
¡UGH!
¿QUÉ
...
...PA-
SA?

¿SERÁ QUE...
...ESTOY MALDITO?
PRAC
OTRA VEZ EN MEDIO DE UN CRIMEN ...
¿CUÁL HABÍA SIDO MI FORTUNA PARA ESTE AÑO?
¿SUERTE MEDIA?
¿SUERTE LIGERA?
?!

ES SOLO UNA HIPÓTESIS...
...PERO PUEDE QUE EL OBJETIVO REAL...
...SEA ESE CRÍO...
SÉ QUE NO SE PUEDE ENTRAR AL BAÑO DE HOMBRES...
...PERO ME SIENTO UN CRIMINAL USANDO EL DE MUJERES.
FSSS

POR MUCHO QUE ESTÉ EN LIBERTAD CONDICIONAL...
¡INSPECTOR SAKYO!
¿ESTÁ BIEN?
¿QUÉ HA PASADO CON TAIYO SAKURAI?
¿NO TE HE PEDIDO QUE LO VIGILASES?
POR AHORA HAN DEJADO QUE EL PÚBLICO Y LOS EMPLEADOS SE MARCHASEN DEL RECINTO, ASÍ QUE HE VENIDO A AYUDARLE.
¡IMBÉCIL!
¡¿QUÉ?!
¡VE A BUSCARLO DE INMEDIATO!
¡YO VOLVERÉ AL CLUB!
¡S-SÍ!

TUG
GRACIAS.
¡TE ENCARGO LO DE TAIYO!
QUÉ MUJER TAN DESCUIDADA...
...DEJANDO TODO ESTO EN LA ESCENA DEL CRIMEN...
AUN ASÍ...
¿SERÁ DE VERDAD MINAKATA EL ASESINO?

NO CUANDO HAS DEJADO HUIR AL SOSPECHOSO.
シュボ
POF
¿QUIERES SER EL SIGUIENTE?
AUNQUE... NO PUEDE SER COINCIDENCIA...
SEGURO QUE LO HAN ENVIADO PORQUE SABÍAN QUE IRÍAS A BUSCARLO.
VOY A SEGUIR BUSCÁNDOLO.
PERO NO TE HAGAS ILUSIONES.
TOMA.
HERRAMIENTAS DE TRABAJO.
ALTO AHÍ.
¿PIENSAS IR CAMINANDO POR LA CALLE ASÍ...
...CUBIERTA DE SANGRE?

¡¿Y ESTO?!
¡¿QUIÉN ES ESTE?!
POLICÍA METROPOLITANA
UGH... QUÉ HORROR...
LE HAN DESFIGURADO EL ROSTRO...
OYE, AMANE. ¿SABES QUÉ LE HA PASADO?
¿HM?
AMANE...
NO HABRÁS...
...BEBIDO SU SANGRE...
NI SE TE OCURRA, ¿EH?
¿NO VAS A PREOCUPARTE POR MÍ?

CHACAN
CHACAN
¡INSPECTOR SAKYO! PARECE QUE EL CULPABLE DEL INCIDENTE DE SUZUNARI ES ALGUIEN DE LA INDUSTRIA DEL ENTRETENIMIENTO.
ENTRETENIMIENTO... ¿ENTONCES SÍ ES MINAKATA?
¡INFORMA A LOS SUPERIORES Y ACELERA LA CONFIRMACIÓN DE LA IDENTIDAD!
¡SÍ!
OH...
¡AMANE! ¿QUÉ HACES AQUÍ...?

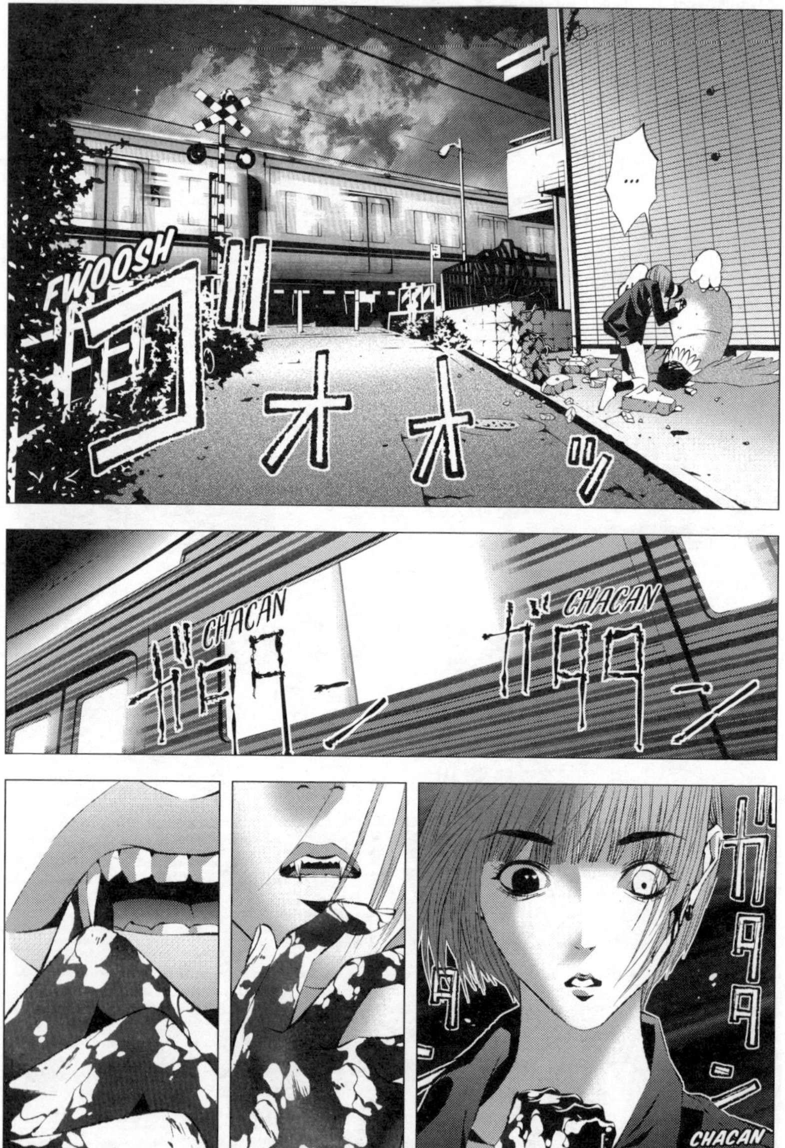
...
FWOOSH
ゴオオッ
CHACAN
ガタターン
CHACAN
ガタターン
カタタン
CHACAN
CHACAN

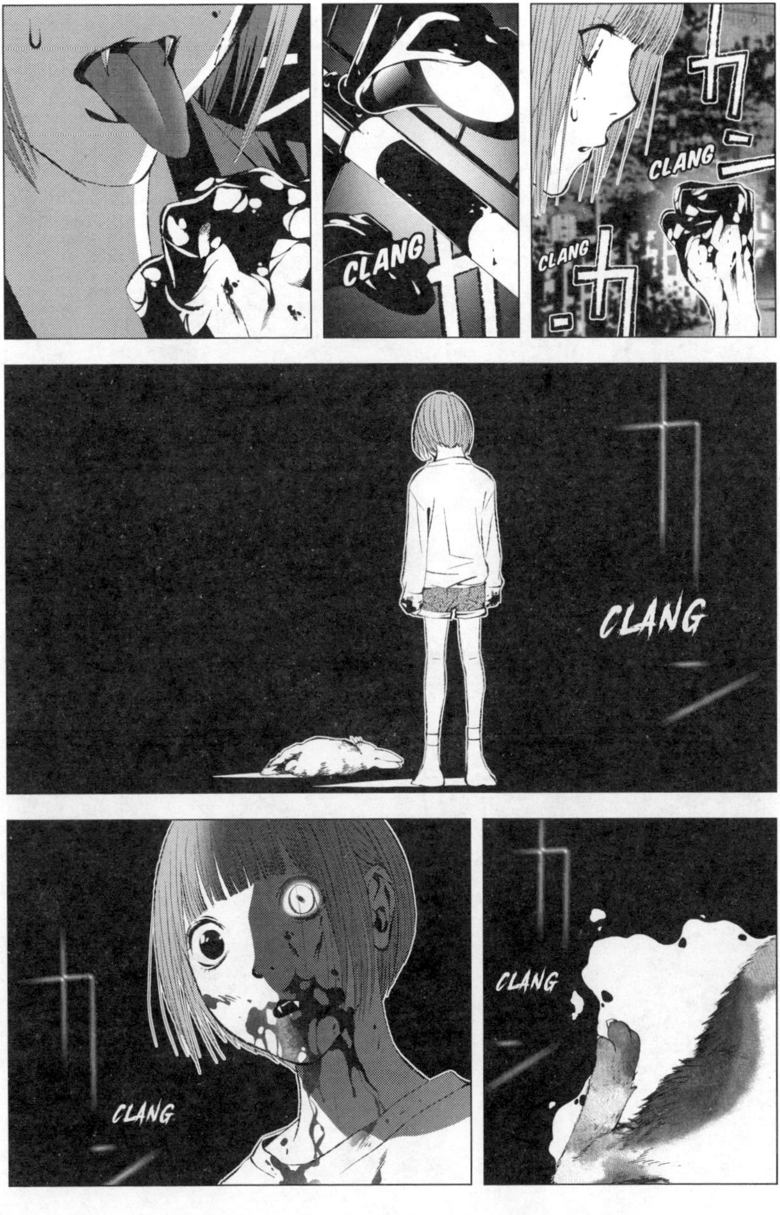
CLANG
CLANG
CLANG
CLANG
CLANG
CLANG

BAM
ゴッ
¡¡UAGH!!
STOMP
ドッ
PRAC
ガス
COF
ゴッ
BLAM
ボスッ
COF
ゴッ
STOMP
ドッ
PRAC
ガス
PAF
ボキッ
COF
ゴッ
カン
カン
CLANG
CLANG
カン
カン
CLANG
CLANG
UUF
PUF
ビクッ
TWITCH
TWITCH
ビクッ
AHH
AHH
AHH
AHH
カン
CLANG
CLANG
カン
CLANG
CLANG
AHH
AHH
AHH
カン
カン

CRASH
ドガァ
アッ
FUO...
¿OH?

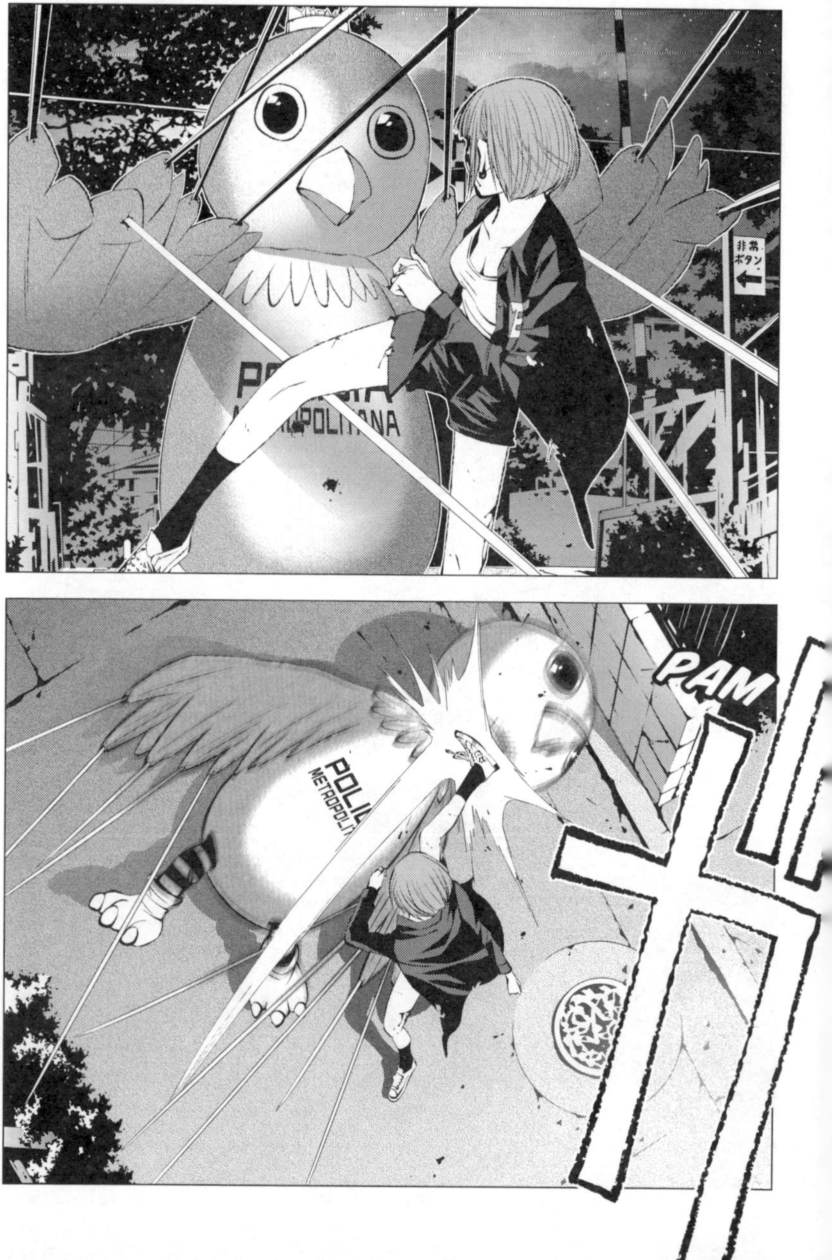
非常
ボタン
PAM

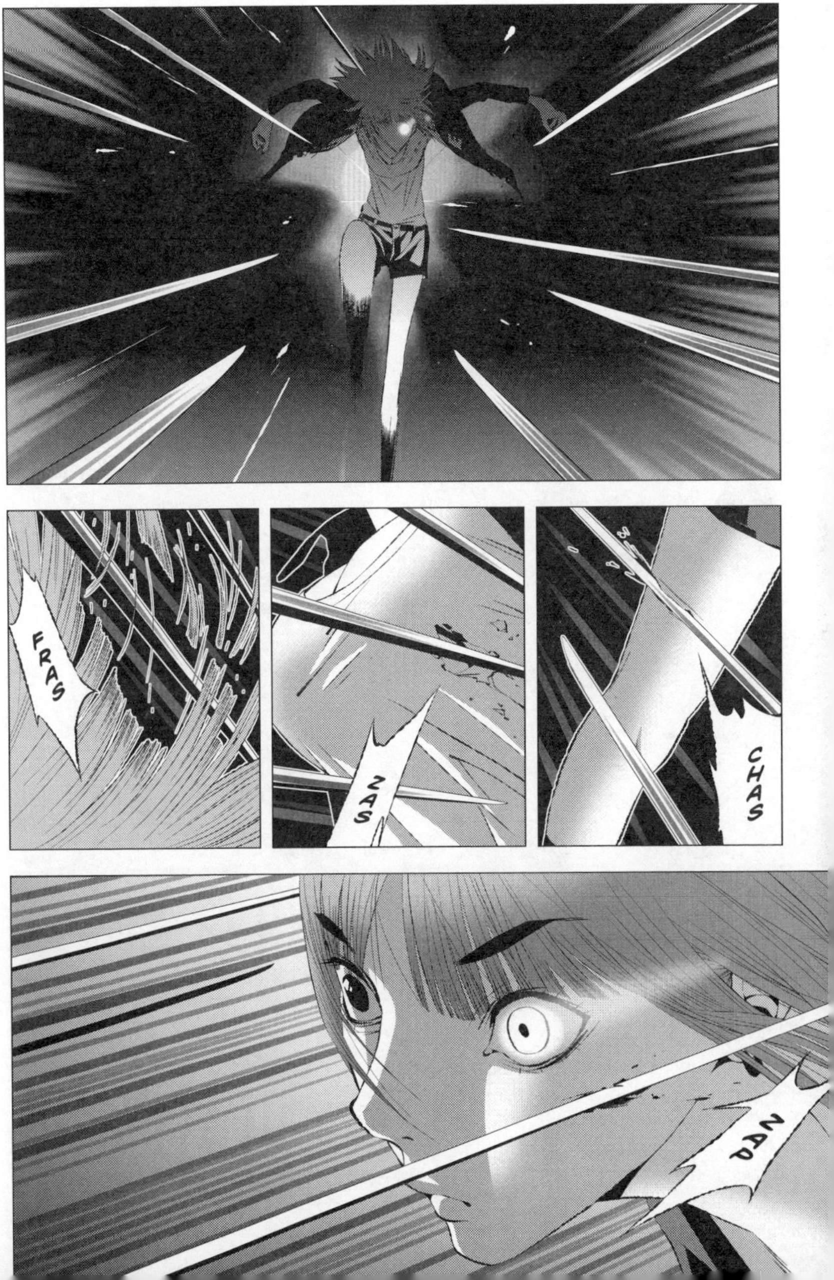
CHAS
ZAS
FRAS
ZAP

LO SIENTO, PERO...
...TENDRÉ QUE MATARTE.
episode.8 TÚ ERES QUIEN QUIERO SER
FUOOOH...
¡FUOOOOH!
シャキーン
BLING

KINRYO
-Code:Amrita-
ROCK

LO SIENTO, PERO...
...TENDRÉ QUE MATARTE.

SI FUE-RA LA MANO DERE-CHA...
...PO-DRÍA PERDO-NARTE.
PERO...
PRIC
ME HAS CORTADO UN DEDO DE LA MANO IZQUIER-DA.
PRIC
ZAZ
ASÍ NO VOY A PODER TOCAR, ¿SABES?

ファーン
BIM
ファーン
BIM
¡¡POC
POC
POC
POC!!
ファ…
BIM...

¡¡POC
POC
POC!!
ファン
BIM
ファン
BIM
MI
...
DEDO
...

¿HM?
¿OH? ¿DÓNDE ESTÁ ...
TALLER DE PELUCHES
CAMALEÓN
¡ENTRADA LIBRE!
...EL TRAJE DE BÚHO?
?
Tomo prestado el traje un ratito. ♪
Tomo prestado el traje un ratito. ♪
¡¿QUÉEE?!
POC
POC
POC
POC

¡PLOC!

¡¡FUO
OOO
OH!!
POLICIA
METROPOLITAN

BIM
¿P-POLICÍA?
BIM
BIM
¡OYE!
¡APAGA ESO DE UNA VEZ!
TAP
TAP
TAP
¿ME ESTÁS ESCUCHANDO?!
POC
POC
TRAC
POC
TRAC
¿ESTE...
...NO SERÁ...?

ファアン
BIM
ファアン
BIM
ファアン
BIM
¿QUÉ...?
ファアン
BIM
ファアン
BIM
ファアン
BIM
ファアン
BIM
ファアン
BIM
TAP
TAP
TAP
POLICÍA
METROPOLITANA

NO PODER ESTAR AHÍ PARA VER EL ROSTRO AGONIZANTE DE ESA MUJER ...
...SERÁ, TAMBIÉN, UNA LÁSTIMA.
PRAC
¡MIERDA!
FWOOSH
ES RÁPIDO...
TENGO QUE...
...SEGUIRLO DE ALGÚN MODO CON MIS OÍDOS.
BIM
BIM
BIM
?!

LO MIRES POR DONDE LO MIRES ...
...SERÁ UN FINAL LAMENTABLE.
AH, ¿SÍ?
¿QUÉ TE HACE PENSAR ESO?
SI EL PLAN FALLA, POR SUPUESTO...
...VAMOS A DECEPCIONARNOS.
PERO, POR OTRO LADO ...
CLANG
...SI TODO SALE BIEN ...

N-NO SÉ QUÉ INTENTAS HACER ...
... PERO ESTE ...
...NO ES EL LUGAR.
¿NO TE LO DIJE LA OTRA VEZ?
¡OLVÍDATE DEL TRABAJO...
...EN TUS DÍAS LIBRES!
BIEN...
ME PREGUNTO, ¿CÓMO RESULTARÁ NUESTRO PLAN?

NORMALMENTE, ESOS CARGOS IMPIDEN CONCEDER LA LIBERTAD CONDICIONAL.
CLING
DEBE ESTAR NADANDO EN DINERO.
¿CON QUIÉN DEMONIOS ESTÁ HABLANDO?
NO PUEDO VERLO DESDE AQUÍ-
?!
TWITCH
PAT PAT
¡¿QUÉ HACES?!
CLANG

¡MMM!
¡DELICIOSO!
NO HAY DUDA...
ES MINAKATA.
¿MINAKATA?
EL HOMBRE QUE ARRESTAMOS HACE TRES MESES.
VAYA, ¿OTRA VEZ?
PRIVACIÓN DE LA LIBERTAD, AGRESIÓN, INTENTO DE VIOLACIÓN, ASÍ COMO DAÑOS A LA PROPIEDAD.
ACTOS DE VAMPIRISMO SIN CONSENTIMIENTO...

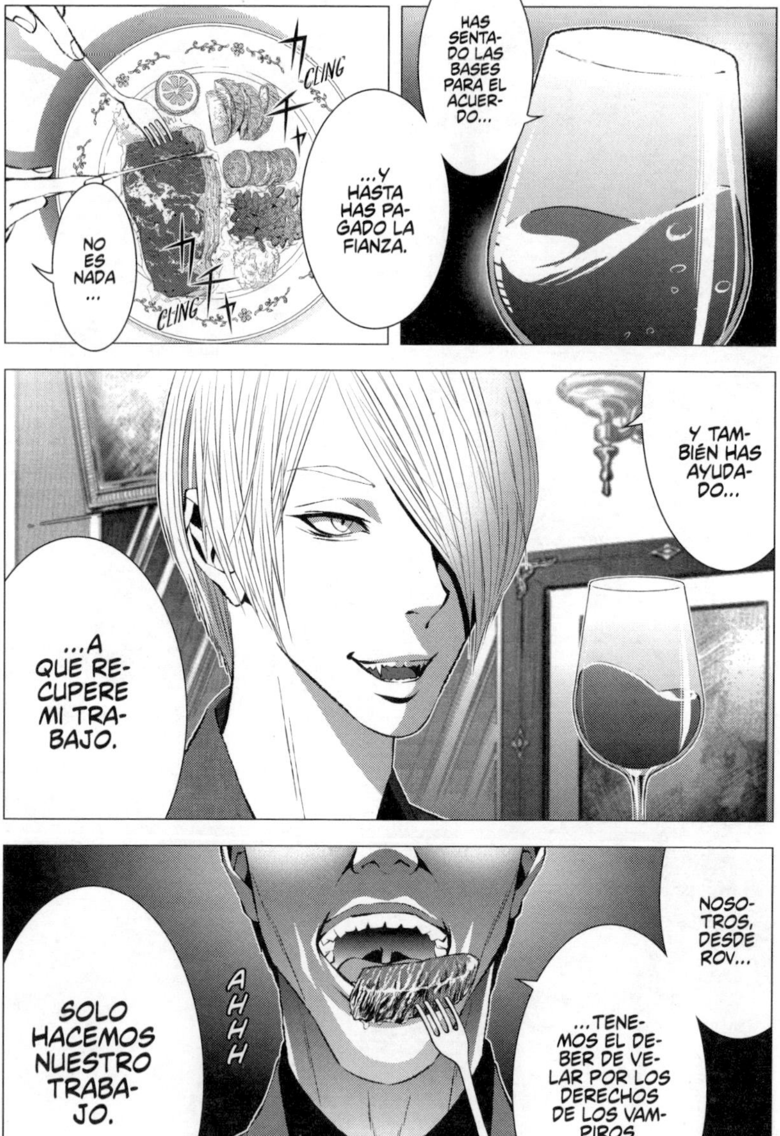
HAS SENTADO LAS BASES PARA EL ACUERDO...
...Y HASTA HAS PAGADO LA FIANZA.
CLING
NO ES NADA...
CLING
Y TAMBIÉN HAS AYUDADO...
...A QUE RECUPERE MI TRABAJO.
NOSOTROS, DESDEROV...
...TENEMOS EL DEBER DE VELAR POR LOS DERECHOS DE LOS VAMPIROS.
AHHH
SOLO HACEMOS NUESTRO TRABAJO.

SAKYO, AVERIGUA QUÉ INFORMACIÓN HAY SOBRE SHIN MINAKATA.
¿EH? ¿MINAKATA?
¡PUEDE QUE...
...ESE TIPO DE NEGRO SEA ÉL!
N-NO DIGAS TONTERÍAS...
MINAKATA SIGUE ENTRE REJAS...
NISHI-SHINJUKU, SHINJUKU.
¡CIELOS!
ME HAS SALVADO.

...
¡NO TE ESCAPARÁS TAN FÁCILMENTE!
?!
¿QUÉ HACES AHÍ...?
CÁLLATE.
¿Y EL TIPO DE NEGRO?
...
HA SALIDO CORRIENDO...

¿EH?
¡¡AAAAH!!
TRAC
?!
FWOOSH
¡¿ESTÁS BIEN, UTA?!
MEI...
SI TE PASARA ALGO...
YO... YO...

ZAS
?!
UGH...
CRASH
¡¡AMANE!!

CHAK
¡¡UWAAAAAH!!
BZZZT
¡AGH!
BZZ
¡AAAAH!
¡¿Q-QUÉ ESTÁ PASANDO?!
¡¡TÚ!!

BLAM

¡RYU!
¡HAZTE A UN LADO!
¿EH?

BA DUMP
?!
BA DUMP
BA DUMP
...
¿AMANE? ¿PASA ALGO?

ES ESTE.
¿QUÉ?
¿A QUE ES ALGUIEN SUPERIMPORTANTE?
ESTE ES...
¡AH...!
ESTE TIPO...
STAR★LIGHT PRODUCTION
Shin Minakata
¡ES EL QUE RAPTÓ A REN...!

ANÍMATE...
...UTA.
¡JUM!
FSST
¡¿ASÍ ES COMO INTENTAS GANARTE MI CONFIANZA?!
ADEMÁS, ¿POR QUÉ ME DAS AGUA? ¡YO SOLO BEBO ZUMO!
GULP GULP
...
¡OYE, UTAKO!
PFFT
¿Q-QUÉ QUIERES...?
¿NO IBA A VENIR ALGUIEN DE PRODUCCIÓN HOY?
¿QUÉ CLASE DE PERSONA ERA?
¿QUE QUÉ CLASE DE PERSONA...?
¡AH!

FRUS
FRUS
ESTOY SEGURO DE HABERLO VISTO.
ERA UNA PERSONA VESTIDA DE NEGRO, CON GAFAS DE SOL Y MASCARILLA.
¡YA LA APARIENCIA PARECE SOSPECHOSA!
¿CÓMO HA CONSEGUIDO ENTRAR?
ME DIJO UTAKO QUE HOY LLEGARÍA UNA PERSONA IMPORTANTE DE PRODUCCIÓN.
AQUÍ TIENES.
SIMPLEMENTE PENSÉ QUE PODRÍA TRATARSE DE ÉL.

¡INSPECTOR SAKYO!
ESTE JOVEN DICE...
...QUE ENTRE EL PÚBLICO...
...HA VISTO A ALGUIEN SOSPECHOSO.
¿TAIYO?
JAH...
OTRA VEZ ESTE...
SIEMPRE METIÉNDOSE EN PROBLEMAS.

HOY ESTOY CON LA BANDA.
¡NO HE VENIDO A TRABAJAR!
TODAVÍA NO HA SALIDO A LA LUZ, PERO...
...HACE CUATRO DÍAS...
...ENCONTRARON UN CADÁVER EN LAS MISMAS CONDICIONES EN UN BAÑO CERCA DE SUZUNARI.
LE CHUPARON LA SANGRE DE TODO EL CUERPO...
...Y LO DECLARARON MUERTO POR HEMORRAGIA.
SI EL CULPABLE ES UN VAMPIRO...
...TE CORRESPONDE TRABAJAR.
JUM...

FRUS
ズッ
FRUS
ズッ
FRUS
ズズッ
¿CÓMO HA PODIDO OCURRIR ESTO CONTIGO EN EL RECINTO?
ESTÁBAMOS TOCANDO.
NO HE OÍDO NADA.
BUENO, LO HECHO, HECHO ESTÁ.
AMANE, AYUDA TÚ TAMBIÉN.
¿QUÉ?
¿Y POR QUÉ?

パチン
CLIC
CLIC
CLIC
CLIC
¿TENÍA QUE SER...
...JUSTO HOY?
...
¿UN ASESINO ENTRE EL PÚBLICO?
NO ME JODAS...
¡AMANE!
¡¿DÓNDE TE HAS METIDO AHORA?!
スッ
FRUS

¡POR FAVOR, COLABOREN HASTA QUE TERMINE LA INVESTIGACIÓN!
¡¿Y SI EL ASESINO TODAVÍA ESTÁ ENTRE NOSOTROS?!
¡¿EL CULPABLE HA SIDO UN VAMPIRO?!
¡YO NO QUIERO ESTAR AQUÍ!
¿POR QUÉ SOSPECHAN SOLO DE VAMPIROS? ¡EL CULPABLE BIEN PUEDE SER UN HUMANO!
¡TRANQUILOS! ¡NO EMPUJEN!
EL CULPABLE ES PARTE DEL PÚBLICO...
¡DEJADNOS SALIR!
¡POR FAVOR, CÁLMENSE!
NO SERÁ...

episode.7 1/5, PERDIDO

INSPECTOR SAKYO ...
ESO QUIERE DECIR ...
...QUE EL CULPABLE ESTÁ ENTRE ESOS GRUPOS.
ENTIENDO.
OYE, SAKYO.
¿PUEDES EXPLICARME...
...LA SITUACIÓN EN DETALLE?

ES EL MISMO MODUS OPERANDI QUE EL DEL BAÑO DE SUZUNARI DE LA OTRA VEZ.
SÍ...
¿ALGÚN TESTIGO QUE HAYA VISTO A UNA PERSONA SOSPECHOSA?
LOS ÚNICOS QUE ENTRARON Y SALIERON...
...FUERON LOS MÚSICOS Y EL PÚBLICO.
AH...

SHIMOKITAZAWA, SETAGAYA.
CLUB DE MÚSICA GO-ON.
TIENE MARCAS DE MORDIDAS...

...EN TODO EL CUERPO.

TENGO...

...UN MUY MAL PRESENTIMIENTO.

¡OYE, AMANE! ¡SIGUE TOCANDO!
¡HEY! ¿ME ESTÁS ESCUCHANDO? ¡AMANE!
...

¡¡AMANE!!

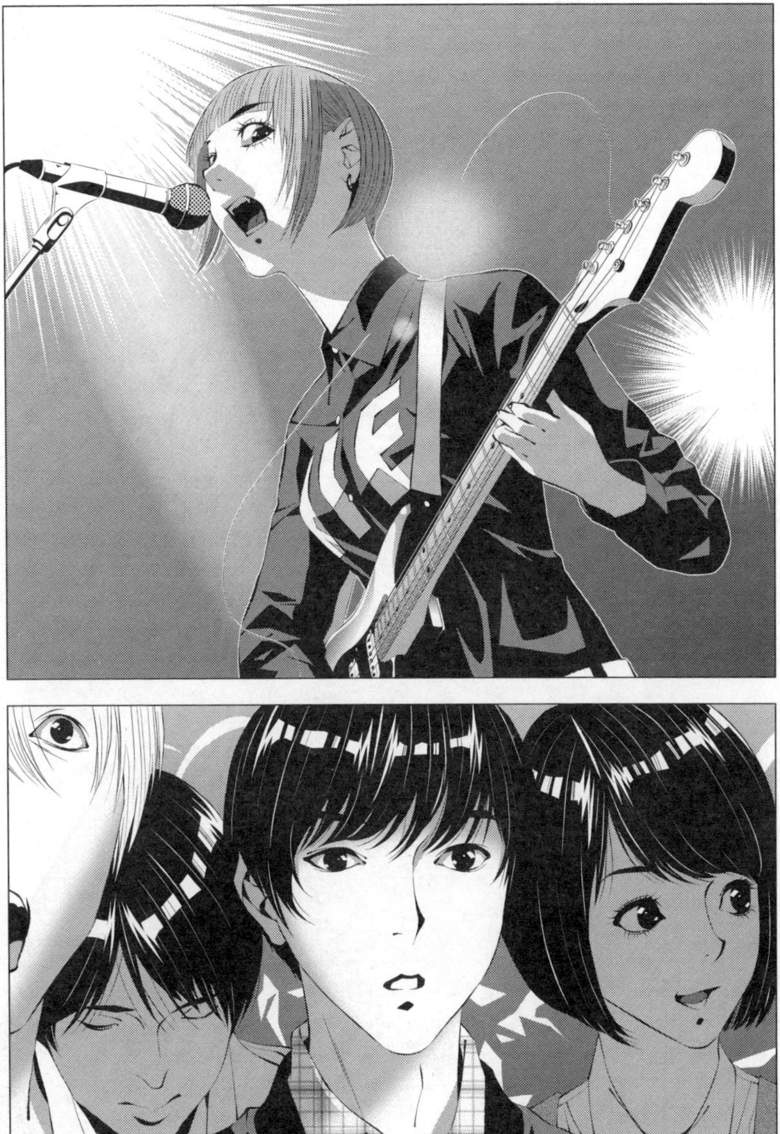

FRUM

FRUM
¡¡UWAAAH!!

EH ...
¡¿QUÉ?!
ES-TO ...
ES ...
?!
GULP
FRUM
FRUM

¿QUÉ PASA, UTAKO?
...
E-
ESO ...
¿QUÉ ...?

CON PERMISO.
...
FRUM
FRUM
FRUM
¡AAAAHHH!
FUAH...
FRUM
AH...
AH...
...

CHAC
ガチャ
TAC
TAC
カタカタッ
?!
BAM
ドーン
¿QUÉ... HA SIDO ESO?
¿VENÍA ...
...DEL BAÑO DE HOMBRES?
TAP
スッ

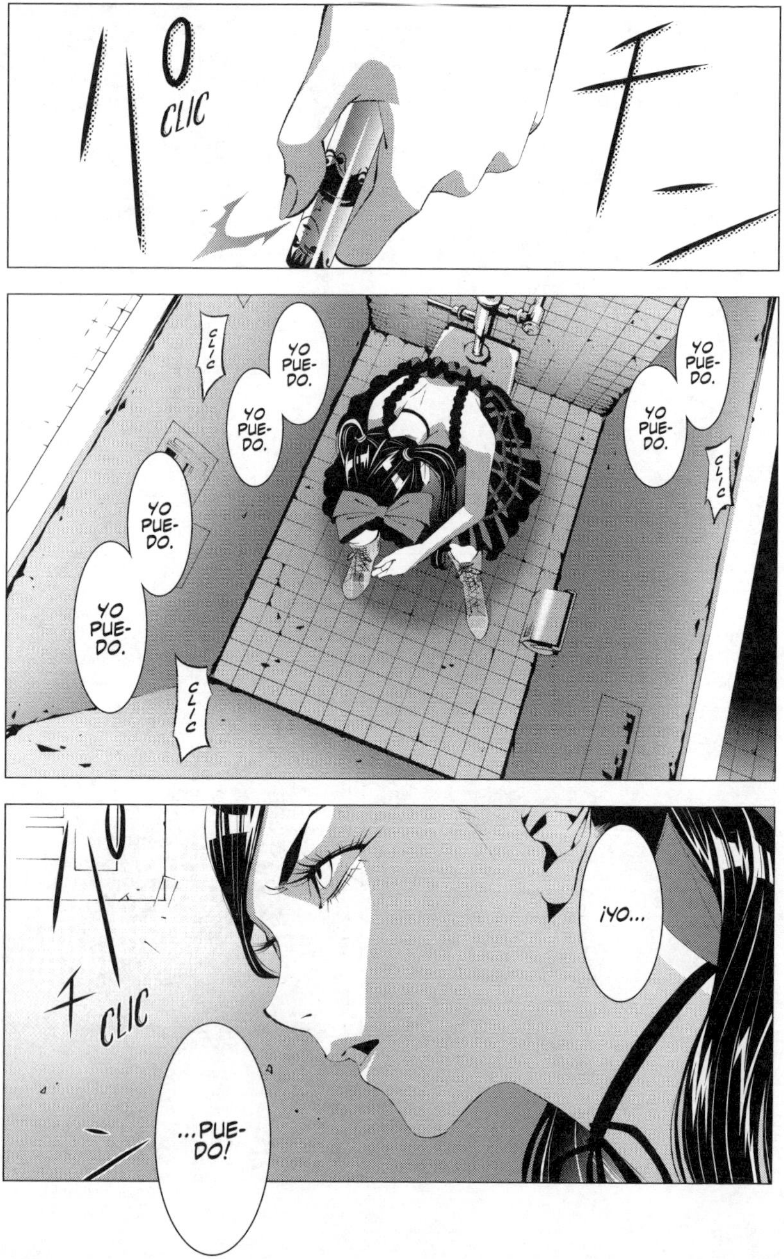
CLIC
YO PUEDO.
YO PUEDO.
CLIC
YO PUEDO.
YO PUEDO.
CLIC
YO PUEDO.
YO PUEDO.
CLIC
¡YO...
CLIC
...PUEDO!

AUN-QUE...
HMM...
...TENER UNA SIRE-NA...
POLICÍA
...SUE-NA MUY BIEN...
CLIC
CLIC
CLIC

¡¿QUÉ?!
ぬ
TAP
ん
HMM...
¡PUF!
¿S-SEÑOR KANZAKI?
¿CUÁNTO RATO LLEVA AHÍ...?
¡ESTE MODELO MEJORADO NO ESTÁ NADA MAL!
¡ES LIGERO Y MUY CÓMODO!
CON ALGO ASÍ, ¡HACER VOLTERETAS SERÁ PAN COMIDO!

¿DE VERDAD...
...INTENTAS COMPETIR CONTRA ESE...?
BIM
BIM
¡¡UWAH!!
BIM
¡PARA, IDIOTA!
BIM
BIM
BIM
¡¡ES UNA ESTUPIDEZ!!
TALLER DE PELUCHES
CAMALEÓN
DISCULPE...
...LAS MOLESTIAS.
NO ES NADA. ME ALEGRA PODER COLABORAR CON LA POLICÍA.
DEJAMOS QUE USTED SE ENCARGUE DE ENVIARLO, ENTONCES.
¡MUCHAS GRACIAS!
UF...

¿Y? ¿QUÉ TAL?
POLICÍA METROPOLITANA
ME QUEDA QUE NI PINTADO, ¿VERDAD?
POLICÍA METROPOLITANA - DEPARTAMENTO DE RELACIONES PÚBLICAS: AKIRA SAKAGUCHI
ESO QUE DECÍAS QUE ESTABAS HACIENDO CON SANGRE, SUDOR Y LÁGRIMAS...
¿ERA ESTO?
¡ASÍ ES!
LE SUGERÍ UNA NUEVA MASCOTA AL JEFE DEL DEPARTAMENTO...
...PERO LOS DE LOS ALTOS MANDOS SON MUY CONSERVADORES.
ASÍ QUE, POR AHORA...
¡YO MISMO ME PONDRÉ MANOS A LA OBRA!
ガボッ POP
POLICÍA METROPOLITANA

¿YA SE VA?
PARECE QUE NO LE GUSTA LUMIELUNE...
TALLER DE PELUCHES
CAMALEÓN
¡ENTRADA LIBRE!
HMM...

¡¡NO PUEDO PERMITIR...
¡AHÍ ESTÁ!
...QUE SE ALEJE DE MI VISTA!!
FRUS

TIENE QUE ESTAR DE COÑA...
¿DE VERDAD QUIERE ESTAR AQUÍ O NO?
LAS DE ANGEL MARK HAN TRAÍDO A ALGUIEN DE LA INDUSTRIA...
PUEDE QUE SE FIJEN EN NOSOTROS...
¿ES QUE NO SABE LA OPORTUNIDAD QUE TIENE DELANTE?
¿HM?
MIERDA...
¿A DÓNDE VA AHORA?

¡AH...!
¡N-NO HE VISTO NADA! ¡NADA DE NADA!
¡¡OYE, TÚ!!
TWITCH
¡QUE NI SE TE OCURRA ...
...PONERLE UN DEDO ENCIMA A NUESTRA MEI!
Nuestra Mei es la mejor.
¿TE HAS HECHO DAÑO?
N-NO. ESTOY BIEN.
FRUS
FRUS
FRUS
¡NUESTRA MEI ES UN SER DIVINO A PUNTO DE BENDECIRNOS CON UN RECITAL! ¿QUÉ CREES QUE HACES CON ELLA?

¡MIER-
DA!
UTA
...
VA A
EMPE-
ZAR...
¡AH!
THUD
¡AY!
!
LO
SIENTO,
¿ESTÁS
BIE--?
?!
AY,
AY,
AY
...

NO EMPIECES A CREERTE LA GRAN COSA.
¡AQUÍ LA QUE VA A DEBUTAR ...
...SERÉ...
...YO!

グッ
FRUS

!
¡NO ME SIGAS AL BAÑO!
¿Y ESO? ¿VIENE DEL BAÑO DE MUJERES...?
PRAC
¡LO SIENTO, UTA! VOY A ESFORZARME MÁS...
EN LO QUE SEA QUE HAGA FALTA ...
VOY A MEJORAR...
OYE, MEI...
¿...NO TIENES UNA ESPECIE DE GUARDAESPALDAS ÚLTIMAMENTE?
NO SÉ DE QUÉ HABLAS...
QUIERO DECIR, NO ES ESO ...

¿HM?
CUÁNTA DIVERSIDAD...
...HAY ENTRE SUS FANS.
FSSSS

¡MUCHAS GRACIAS!
¡SOMOS TODOROKI!
¡GRACIAS A TODOS!
¡NOS VEMOS EN EL FESTIVAL DE VERANO!
WAAAH
AHORA SIGUE LUMIELUNE ...
MEJOR APROVECHO PARA IR AL BAÑO.

A TODAS LAS CHICAS CON LAS QUE HE SALIDO LES HA ENCANTADO.
SUENAS IGUAL QUE LOS IDIOTAS QUE ALARDEAN DEL TAMAÑO DE SU YA SABES QUÉ.
PRUEBA CON OTRA.
¿Q-QUÉ?
¿TE HEMOS ENTRETENIDO?
¡AH!
MIE
NO...
ES QUE NO SABÍA CÓMO SALIR SIN QUE FUERA INCÓMODO ...
YA QUE ESTÁS AQUÍ, ¿CUÁNDO VAN A PONER BAÑOS EN LOS CAMERINOS?
SI ESTO LO HUBIERA VISTO UNA DE SUS ADMIRADORAS, SERÍA UN ESCÁNDALO.
YA SE LO HE PEDIDO MIL VECES AL JEFE...

SE TE VEN ...
?!
...LOS PELOS DE LA NARIZ.
NO ME GUSTAN LOS HOMBRES INSISTENTES.
¿CUÁNTAS VECES VAN YA?
ZAS
¡ESPEJO!
INCREÍBLE.
TSK... SI TAN SOLO FUERAS VAMPIRA...
...NO TENDRÍA QUE INSISTIR TANTO...
...
¿QUÉ QUIERES DECIR CON ESO?
BUENO...
...DICEN QUE MI SANGRE ES DELICIOSA.

¡DAME UNA OPORTUNIDAD!
JUNKY JUNCTION - VOCALISTA: RYU.
¿NO ES HORA...
...DE QUE ACEPTES?
HMM...

GRÁBATE ESTO: ¡NO PUEDO CANTAR BIEN SI TÚ NO VAS A TIEMPO!
L-LO SIENTO...
...
¿NO ERES TÚ LA QUE VA MUY RÁPIDO?
¿ENTENDIDO?
SÍ...
¡SHH!
¡SI NOS OYE, VA A VENIR A DESQUITARSE CON NOSOTROS!
¿ESCUCHAS LO QUE DICE?
¿NO TE PARECE QUE ESTÁ DISCRIMINANDO A LOS BAJISTAS?
JUNKY JUNCTION - GUITARRISTA: GO / BAJISTA: SHO.
AHORA NOS TOCA A NOSOTROS...
¿DÓNDE ANDARÁ ESA...?
¡AMANE!
LUMIELUNE - BAJISTA: TOMOMITSU.

TUS GAFAS, ¿EH?
¡¡YA TE HE DICHO QUE LAS LLEVAS PUESTAS!!
¿QUIÉN ERES, YASSAN?
¡AH!
¡GRACIAS, UTA!
JE, JE, JE...
ANGEL MARK - BAJISTA: MEI TAKEOKA.
MEI... MÁS TE VALE TOCAR BIEN HOY.
EN EL CONCIERTO PASADO NO PODÍAS LLEVAR EL RITMO, ¿RECUERDAS?
WAAAH

¿HM? ¿Y MEI?
HACE UN MOMENTO ESTABA AQUÍ.
ガチャン
CHAC
¡¡AH!!
AY AY AY...
¡¡MI GUITARRA!!
¿¡QUÉ CREES QUE HACES?!
¡MIRA QUE ERES TORPE!
LO-LO SIENTO... ES QUE NO ENCUENTRO MIS GAFAS...

HOY DARE- MOS ...
...LO MEJOR DE NOSO- TRAS, ¿DE ACUER- DO?
JE.
¡NO HAGÁIS QUE ME ARREPIEN- TA DE HABER LLAMADO A ALGUIEN DE PRODUC- CIÓN!
CLIC
ANGEL MARK - VOCALISTA/GUITARRISTA: UTAKO CHIKAMATSU.
CUEN- TA CON ELLO.
ANGEL MARK - TECLADISTA: KYOKO SHINOHARA.
ANGEL MARK - BATERISTA: TEN YANAGI.
¡VAMOS!

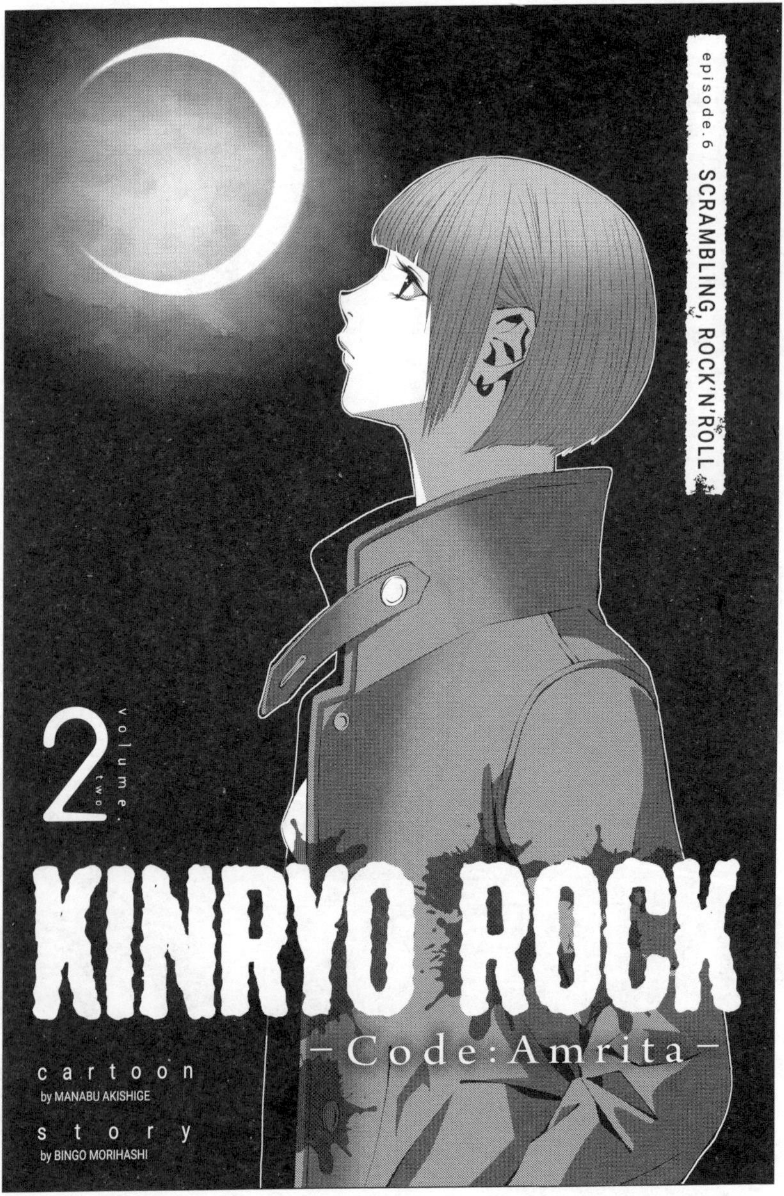
episode.6 SCRAMBLING, ROCK'N'ROLL
2 volume. two
KINRYO ROCK
—Code:Amrita—
cartoon
by MANABU AKISHIGE
story
by BINGO MORIHASHI

VAYA... NUNCA HABÍA VISTO ALGO ASÍ.
...
UNA BANDA TOCANDO UN HIMNO ESCOLAR CON TAN-TA EMO-CIÓN...

story
by BINGO MORIHASHI
cartoon
by MANABU AKISHIGE
episode.6 SCRAMBLING, ROCK'N'ROLL